中国文学名家散文精选丛书

浓荫满天

聿君　著

江西高校出版社
JIANGXI UNIVERSITIES AND COLLEGES PRESS

南　昌

图书在版编目（CIP）数据

浓荫满天 / 聿君著 . -- 南昌 : 江西高校出版社 ,
2025. 6. --（中国文学名家散文精选丛书）. -- ISBN
978-7-5762-5624-6

Ⅰ . I267

中国国家版本馆 CIP 数据核字第 2024HA9574 号

责 任 编 辑	王龙睿	
装 帧 设 计	夏梓郡	

出 版 发 行　江西高校出版社
社　　　　址　江西省南昌市新建区工业二路 508 号
邮 政 编 码　330100
总 编 室 电 话　0791-88504319
销 售 电 话　0791-88505090
网　　　　址　www.juacp.com
印　　　　刷　鸿鹄（唐山）印务有限公司
经　　　　销　全国新华书店
开　　　　本　650 mm×920 mm　1/16
印　　　　张　13
字　　　　数　160 千字
版　　　　次　2025 年 6 月第 1 版
印　　　　次　2025 年 6 月第 1 次印刷
书　　　　号　ISBN 978-7-5762-5624-6
定　　　　价　58.00 元

赣版权登字 -07-2024-1004

关于聿君先生的三个比喻（代序）

冷吟

认识先生十七八年了吧。其时对先生之名早有耳闻，知他是一个颇具传奇色彩且个性十足的存在，只是无缘谋面，故常引以为憾；后来在一家企业举办的笔会上，终得与先生相见，觉他外表形象、言谈举止皆平易谦和，丝毫没有拒人于千里之外的感觉。尤其目睹他当场挥毫泼墨的情形，方知先生不仅文章写得好，书画亦是独树一帜，心中膜拜之意陡然而生。

孰料仅此一见，竟与先生成了忘年交。

先生本名王健群，笔名聿君，年龄大我整整二十岁，论起来自然是长辈，我便管他叫王老师；但他对别人如何称呼自己似不甚在意。依我印象，先生并非传言中那么特立独行，而是一个极易接近、极易走进内心之人。那日突发奇想，觉得先生颇似一本内涵丰富、趣味盎然的书。他平时喜着布衣蓝衫，偏好五谷杂粮，说话抑扬顿挫，走路飘飘然。观之，素朴而不失风雅，散漫而不失谨严，周身透着一种春风化雨的亲和力。这自然只是他的"封面"。若认真"翻阅"，深入领悟，则可发现先生与众不同的思想、情怀与神韵。他博学，天文地理历史哲学无所不通，衣食住行风俗人情无所不爱；他多艺，不但创作发表了大量小说、散文作品，还在戏剧、评论、书画领域多有建树。他的文字，带有明显的民国之风，他的书画，氤氲浓厚的人文之气，耐读、耐看、耐品，给人以生命的哲思与智慧。我曾在一篇评论中称先生是"真正的中国传统意义上的文人"，绝非溢美之词，而是经过慎重考量得出的断语。

聿君先生本是北京人，由于历史原因谪居新泰六十载，除了一口流利的普通话，早已与本地人一般无二。谈起旧事，先生没有丝毫的埋怨，没有高飞的欲望，只有一个从容淡定、波澜不惊的灵魂。他喜欢乡村、喜欢山野，喜欢原汁原味的农家生活；他随遇而安却不随波逐流，平平淡淡却不庸庸碌碌。林语堂说："平淡最醇最可爱，而最难。何以故？平淡去肤浅无味只有毫厘之差。"聿君先生显然做到了，因为他是一棵树，一棵会行走的、枝繁叶茂的树。大多时候，他会独坐斗室静读、面壁；偶尔，亦约三五好友去几十里外的乡下赶集——他家中的萝卜青菜、书斋里的盆盆罐罐，都是从那买来的。在那场合，先生不再是作家、学者，也不再是什么书画家，却仿佛找到了自己"衣不扣钮"的自由之身。崇尚本朴、回归自然，这也许就是他曾把徂徕作为修身之地的初衷吧。

　　说到此处，你若以为聿君先生乃普普通通一文人墨客，那就大错特错了。实际上，先生的禀性在圈子里是出了名的，他不趋炎附势、不虚伪做作，视名利如浮云、视金钱如粪土，这种难得的风骨与志趣，让我感觉先生更像一支笔——一支宁折不弯、敢作敢当的笔。他耿直、刚正、率真，如同一个未被世俗污染的"老小孩"，说话做事随心由性，从不懂得拐弯抹角。遇到学术问题，更是慷慨激昂、据理力争，决不轻易退让半步。正因如此，他的朋友不多，却皆是学养性情匹配合拍之人。周作人说："做文章最容易犯的毛病其一便是作态，犯时文章就坏了。"聿君先生若惯于"作态"，他便不再是真实的自己，写出来的文字也必不是真实的情感。对于人生这篇大文章，先生用直抒胸臆的方式，为我们提供了一个优良的范本。我想，在即将付梓的这本集子里，读者亦定可寻到自己钟情的东西，寻到这个世界上某种宝贵的精神与良知。

2024 年 10 月 22 日于平阳河畔

目 录
CONTENTS

第五辑
稼穑田园

第一辑

说美与爱

擦肩而过

　　也许我自始至终都没弄懂她。但可悲的是我一直觉得太懂她。好像我是架 X 光机，她是块水晶，看得那么清楚，那么明白，或者根本不须看。更可悲的是：由于我根本不懂她，根本不懂女儿心，使我们擦肩而过，永无相聚之日！

　　一个月后的第一天

　　那天下午，我刚到，就看见她在人群后头朝我抿嘴一笑。这一笑，那暗淡的走廊登时就亮了，亮得耀眼，好像明媚阳光洒满大地，好像春天来了，草儿绿了，到处一派盎然生机！

　　其实我不是说她长得多漂亮，多么如花似玉沉鱼落雁。我说的是她那纯洁新鲜的气息，那恬淡自然的气质——仿佛蓝天白云绿树小溪，全是自然生成；好像原始森林河流，没有丝毫污染；而那抿嘴一笑，恰如奥地利挪威那纯净美妙的风光：天空碧蓝，白云悠悠，河水清澈，森林幽静，嫩绿的宽广草地，素朴的古堡农庄……

　　都是美丽芬芳，都是纯净清新，还有典雅雍容！

第二天

晚上，空空走廊里电话铃儿兀地响起来，震得天摇地动。我跑去接起来，果然是找她。恨恨跑上楼去，在门外愤愤大呼："电话！找你的。电话！"不等她出来，我便噔噔下楼，回屋坐到桌前拿起笔。耳朵却只管倾听走廊里的声音，一点什么都听不清。

用力找回心神，刚要落笔时，便觉一阵风儿飘来屋里。清幽幽，香喷喷。款款地，她倚在门上，半侧着身，柔柔地望定我，明亮的微笑里都是芬芳。

"我走啦。"她轻轻地说，又甜又软。我冷冷上抬头，看见的还是那抿嘴一笑，亮得人不敢正眼。"你走为什么要告诉我？"我真是明知故问。她深深地看了我一眼，柔柔回身，真的走了。带走了美丽，带走了芬芳；留下了歉恋，留下了空旷，留下失落无边。

我彻夜无眠。

第三天

下午的时候她说：晚上有电影，你弄两张票吧！我说：眼下的电影有什么可看的？她说：不是中国的，是外国的，《出水芙蓉》。我一听就乐了：《出水芙蓉》！立马弄了票来，撕给她一张，她静静地接住，脸上没有一点表情。

夏天的夜晚坦诚又温馨，鼓励着热烈，鼓励着真率，也鼓励着爱情。悠然骑着自行车，她一辆，我一辆。我的后座上还坐着她的女伴，真是万般的无奈，于是我对我说：那是她，或者根本没坐人。我们并肩骑着车，她的表情告诉我：她是一样的万般无奈，她多么希望坐在那里，或者那儿是空的！

那女孩的座位当然不在一处，在漆黑的影院里她们分手时，她不

003

情愿地埋怨我："你怎么就弄了两张票？"我当然知道这不是她的本心。却也问得我张口结舌，无话可说：是你让我弄两张票的！

电影开演了，我们并排而坐。两人的胳膊都放在紧靠的扶手上，她那短袖衫的袖子短短，一条珠圆玉润的胳膊，无意中就靠了我的胳膊——凉津津的，光滑而细腻，那令人心颤的美妙，让我实在受不了！她一会儿靠着，一会儿又离开；有时靠得紧紧，有时又若即若离；一切都似在无意之中。让我兴奋不已，又让我痴痴等待……那份神奇的美妙，那份幸福的感受，那份迷醉与期待，让人如何能看成电影？

出了电影院，她的女伴跳上她的车子，说："这电影，真没看头！"她只笑眯眯地看了我一眼，我则是完全不敢看她。一路上，那女孩只管乱说乱笑，她脸上仿佛荡漾着春风，而我却不知说什么。

第四天

晚上，下起了蒙蒙细雨，干燥的空气立刻清凉，让人心里舒服极了。我们静静对坐。夏夜蒙蒙细雨，太宜于这般静坐，宜于慢慢叙说，叙说理想，谈论艺术，讨论人生，温存诉说爱恋。

她倚在床头上，身后垫了松软的枕头，举了一本不知什么书在脸前。那穿着短裙的双腿，舒服地伸展着，相搭着，浅浅地陷在床里。那腿儿真是美妙绝伦，令人叹为观止！她们柔若无骨，圆润无瑕，饱满平滑，细腻白嫩有如凝脂，流畅自然有如一脉清新的溪流！她们完全无意地展示着，如溪水潺潺，为你悠悠诉说，满怀无尽绵绵。

坐在对面沙发上，我点燃一支烟。"好了，你说吧。"她用那本书半遮了脸，哗哗地翻着，告诉我：我已经准备好听你说话。

欣赏着她舒适俏皮的样子，欣赏着美，我开始了我的谈话，却不敢正视那美丽的双腿。我诉说着天地万物的神奇，描摹了山川大地的朴厚；叙说着稼穑桑麻田园、石墙柴扉牛羊；又说山林静谧，大自然无声；说人生的沉重与无奈，说世事纷争、人心叵测、丑陋庸俗；更说真善美于人生之光彩，说生命执着，爱情美妙；说自然的人，说人的自然……

我说话的时候，她只管把手中的书翻来翻去，当然什么也没看。

我说："你怎么不说话，光翻书？"她说："你说吧，我听着呢！"那声音里满是愉快和甜美，还有戏谑与幽默，纯真可爱极了。

后来，她把书停在了腮边，眼睛时而忽闪，时而向我顾盼，一遇到我的眼睛便调皮地闪开。于是我说："你能不能把那书放下，我们好好说话？"可她还是笑着说："你说吧，我听着呢。"便把书又往脸上遮掩。是一片迷人的娇憨！

窗外，雨夜宁静，夜空幽幽，无限温存。

虽然我要她把书放下，但白乐天的"犹抱琵琶半遮面"，岂不也是美不胜收？我已经说了很多，可她一句话也不说，只是眯眯地笑，那脸儿如观音纯净。夜，已深了。

忽然，她把书从脸上移开，调皮地开口说话："你说得太含蓄了，我听不懂！"语气全是轻松与俏皮，万般可亲。我语塞了，愣愣着，不知该如何回答她。她说不错，我确实没有明白地说什么，只是描绘。我说的含蓄委婉，毫无坦率直白，因为我不能直白。我希望用掩映幽深，说出那丰富厚重、美妙深沉……可是，有谁会听不懂呢？——可她却说："听不懂！"

我不说正午的太阳、熙攘的白天；我说黄昏的暮霭、山谷中烟岚、森林湖泊氤氲邈邈，遮去了简陋粗糙与缺憾。因为我不想要简陋，不想要粗糙，更不要缺憾，只想要含蓄美满！我不必简单直白，她也会懂，她天生就是无比聪慧的女孩儿，聪慧有如神明，纯美一如天使，怎么会听不懂？

是了，她完全听得懂，完全听得懂！但她就要那个直白！

而这个直白，哪个女孩儿不想要？朝朝暮暮、亲亲密密、千言万语说完，不是还得要那枝玫瑰？还得要那三个字，要那屈体半跪的一吻！但我没有勇气，而她也对我万分抱怨！

第五天

雨住了，天晴了，早晨的太阳亮得耀眼。我起得早，而且早就听见她在走廊里故意高声说话的声音——我们说好一起上街的。我赶紧洗漱，吃好早饭穿戴整齐，拿本书躺在床上，只等着她来叫我。

不一会儿，她的声音进来了，我赶紧起来准备迎她。可门却不响，她的声音又远了！如此几次。她的声音一次次响起，又一次次远去。时间已快十点，我实在受不了，恨恨地跑上楼去，推开门，她正靠在床上悠闲地打毛衣呢！她的女伴往包里收拾着东西，我只好装作若无其事，与那女孩搭讪："要去哪儿啊？"

"回家啊！"那女孩惊讶地抬起头望着我，意思是说：你问这个干嘛？

是啊，我问这个干嘛？我不是来叫她上街的吗？可守着那女孩，我怎么张口？我愤愤地看她一眼，她居然还是那么悠闲，笑眯眯地打着毛衣！好像什么事情都没有，根本没有什么上街不上街的事！这可怎么好？傻傻站一会儿，悻悻下楼去。回屋躺在床上，心里焦躁万端，只盼她来叫我。

但终于没有。

第六天

晚上，她房里有个黑黑胖胖的农村女孩趴在桌上看书，看得十分认真十分努力，是为应什么考试借住在她这儿。她还是倚着床栏坐，还是将那美丽的双腿美丽地伸展着，优雅地相搭着。还是那恬静平和，清明朗润如菩萨般的脸，看见我来，她赶紧快乐地招呼：

"你来啦，请坐！"好像根本就没发生过上街的事！

她原本挽在头顶上一个典雅的高髻，此时全都蓬蓬地松开着，瀑布般水色滑亮的长发直泻下来，泻在了肩头，泻在了后背，是那么的轻柔飘逸，舒畅流漫，说不出多么美妙动人！"我洗头来。"她当然注意了我的眼神，当然知道那长发的美丽，却又那么漫不经心！

她随手地，完全无意地梳弄着她的美发，一会儿在左，一会在右。那美丽的手指和手势，那么优雅，那么柔曼。那纯净光明的脸儿，给飘荡的长发遮遮掩掩、闪闪露露，不知有多么迷人！我早已忘记了来由，只管伫伫地看她，看那长发飘飘，看那脸儿明净，看那手儿柔柔，天下也有这般的美么？

"说吧。"她依然梳弄着她们，催促我，清灵甜润的声音从嘴里款款流出，是那心灵的清澈纯净："不是要大发脾气吗？说吧。"脸上居然是那么甜美的笑！不管她的微笑多么甜美，我都不能败下阵来，这回我必须告诉她："大丈夫可杀不可辱！"必须申明我男子汉的尊严，绝不可任她摆弄任她蹂躏！我要义愤填膺地控诉，控诉她的背信弃义，指责她的铁石心肠，说她故意耍弄人，毫无怜悯之心，任意蹂躏别人的感情！

她却依然故我，脸上满是优柔的笑，好像根本不是在说她！在我控诉的自始至终，她那甜美的微笑，一直丝毫不变地在脸上荡漾！"你说完了吗？"她抬起眼，笑着问我。

"完了。"我的怒气呢?我的男子汉呢?

"可你为什么不来叫我?我一直在等你!"她柔声地说,却也有许多的怨艾。天哪!居然是我的错!——"你为什么不来叫我?"是啊,到底也是我的错。我多么恨我自己!

结束了

其实,并不是我不想对她说,而是我太想对她说。

只是我太珍惜她,太崇拜她,她是我的理想,是我的上帝,是我憧憬的至美!她的一切,无论举止言谈,神态气质、性情心灵,都是那么天真自然、清纯素朴,那么地"清水出芙蓉,天然去雕饰"!造物赐予人的美好,她都有。上天将人的真善美都钟灵于她,于是,她就在人间替上天演示女儿的万般美好,毫无遗憾与瑕疵。于是,她就让人间拥有了女儿的至美。

她神奇地应和了我对美的理想,对美好的人,对美好女儿的理想。这当然是一个不可期待的理想,不敢相信的理想,一个永远也不能至达的理想!世间如何会有这般的女儿?

真的有,她真的就在这里。于是我茅塞顿开,我不知所措,将这上天钟灵毓秀于人间的宝贝,诚惶诚恐地擎在手上,虔诚供在眼前。却根本不知道如何对待她,不知该对她说什么,该对她做什么,唯恐稍有不慎会碰着了她,伤害了她。唯一能做的,就是把我的爱都给她,不留丝毫;用我的一切侍奉她,不会稍有懈怠。

所以我不能向她要什么,哪怕一点点。比如说电影院里臂儿的温存,比如说那个美妙萧萧的夏夜,比如说所有与她单独在一起的时光。我绝能能把话说明白,更不能对她高声大气,只能问她的女伴"你去哪儿呀",怎敢叫了她就走?又怎敢碰她?怎敢亲近她?——她是我心中的圣女呀！

这当然是我的错。几年之后，我才终于明白。错就错在我把她当作了神，没有把她当作人，把她当作一个热血沸腾、情意绵绵的人！我不愧是个书呆子，彻头彻尾的笨蛋傻瓜，才终于辜负了她。她当然美好，但她不是神仙。她也需要人的生活，人的情感；她也富有爱的热情、爱的追求、爱的勇敢。她不要当神仙，不要只是被人供着，她希望做一个健康正常的人！

怪不得她说"听不懂"！怪不得她怨我，怪不得她等着我……她是在提醒我，责备我，期待着我呢！我怎么就这么傻，我根本就是个傻瓜笨蛋、先天痴呆、智障脑瘫！

就这样，我辜负了她，我是不可原谅不可饶恕的！该怨的只怨我，她已经做得那么好了。我多愧悔，我多心伤，我永远都不能原谅我。——让我俩擦肩而过！

朦胧之美

　　黄昏开始的时候，我们相伴去郊外，坐在高高的土埂上，等待暮色降临。

　　圆圆的太阳落下了，在远山的后面。暮色渐浓了，在迷蒙的天地间。天空是青白的颜色，回头看时，城市的轮廓不再清晰。与落照低低、暮霭融融同来的，是黄昏静谧，山岭、田畴和村庄一派宁静安详，占据了你全部的感知空间，如此的气氛景色让人默默无语，一心沉醉在静谧之中，只让神灵去体验。

　　"我喜欢黄昏的样子……还有秋天的颜色。"我无法保持静默了。"我也是。"她十分可爱地随着我。我只管自言自语："黄昏是平静，是辛苦劳碌、奋争奔波后的安静，是大自然与万物一起休息的时候，是一天最美好的时候。"

　　"为什么呢？"她转过脸来，天真地看我，"白天不好吗？清晨不好吗？白天多么明亮，人们忙忙碌碌地学习工作；清晨是一天的开始呀，让人充满了希望和力量。"

　　"不错。但你说的白天与清晨的好处，同时也是它的短处，如何能与黄昏的美相比？"我慢慢地说，"清晨是一天的开始，是希望的开始，不也是奋争和奔波的开始？白天是明亮，一切都在光天化日之下，但为了欲望的劳碌与争斗，那光天化日之下龌龊肮脏滚滚，甚至你死我活的黑暗，更不必说辛苦劳累，能说是美好？

"黄昏则恰恰相反：经过一天的辛苦纷争，人们累了，终于可以停顿，终于可以休憩。'日出而作，日入而息'，是人类生活在顺应自然规律，黄昏是劳作的憩息、收获与安慰，是停歇和整理，这是她的精神内涵。黄昏到来，人的心情平静了许多，于是可以享受生活，逛街购物、吃饭休息、喝茶喝酒……如此轻松的心情时光，是清晨和白天所没有的。"

她住住地看定我，把我的话一点一点听下来，然后哲学地点了点头："你说得不错。"看着朦胧的暮色，她悠然地说："真的，黄昏的朦胧与安宁，那如梦如幻的迷蒙，正好可以安慰人疲惫的心灵，休息辛劳的一天。"在莹莹的暮色中，她的脸儿温润柔和，有如太液芙蓉。

"其实，这只是黄昏于世俗生活的意义。黄昏的伟大，更在于她的美妙，在于她为我们昭示的深刻哲理。"

"说说看哪！"她转过身，把手放在我臂弯上，好奇的脸儿直冲着我。

"你看那些树，它们本来并不茂盛，也不好看，可现在你再看，它们显得茂盛又葱茏，没有了稀疏，也没有了杂乱。你再看田地和山岭，白天的时候它们很平常，但在迷蒙的暮色中完全不一样了，平凡简单不见了，只有蕴蓄、厚重和丰满。还有村庄，小河与远山，白天是它本来的样子，现在却是另一番模样：浑厚，缥缈，深远，看不清那里都有什么，任你想象有多少神秘美妙藏在那里。正是黄昏，黄昏的朦胧遮掩了它们的简陋，淡化了它们的缺陷，才模糊了它们的本来，让平常不再平常，成为现在。

"不光是大自然，黄昏也在昭示着社会生活的哲理。当你执着于社会的真实和具体，问题与困难、细节和丑陋，全都清楚明白。如果你按照这个现实去对待，又生出更多的问题困难、细节丑陋。其实，现实未必是这样，许多东西是可以淡化、可以模糊、可以略过的。而得当的淡化、模糊和略过，它的主体和大局便显现出来，事情的解决处理也畅快了许多。细节的执着是不再必要的，麻烦纠缠烦恼也就没有，争斗伤害全都避免了。这，正像黄昏。"

她只默默地听，不知道听懂听不懂，我只管自顾自地说下去：

"郑板桥的'难得糊涂'，说的就是这个意思。西方的模糊数学、模糊哲学、模糊科学，也是这个意思。一个'难得糊涂'，就是人生哲学最精粹的提炼表达，对待人生需要糊涂，对待社会更需要糊涂。人生愁苦艰辛多多，社会是非繁杂多多，如果过于认真直面计较，小小人生又何以堪？淡化一点，模糊一点，糊涂一点，是对世俗的超脱，对是非繁杂的回避。既能如此，心灵便会宽松，精神便会畅快，日子也自然过得轻松。古人说：'略带三分拙，兼存一线痴。微聋与暂哑，均是寿身资。'——这不是逃避，更不是真糊涂，而是真正的智慧聪明，性灵的放达。

"对待艺术何尝不是这样，何尝不需要'难得糊涂'？当艺术与文学达到一定的高度，所关注的不再是具体与细节，而是其中的精神与气象。中国的绘画文学注重写意，而西方则注重写实，是两种文化的差异，更是博大与细微的大不同。对待大自然也是，我们从大自然中未必只欣赏一草一木，一山一水，而要从大自然获取精神与思想，获取她的大美。"

这回，她干脆一声不吭了。我一气说下去："庄子《养生主》中，有一个'庖丁为文惠君解牛'的故事。文惠君欣赏了庖丁美妙的解牛，问他：'解牛的技术怎么能这么高？'庖丁说：'我所爱的是道，绝不仅是技巧。我在用心神与牛交汇，细节已不必计较，才能够游刃有余啊！'文惠君激动地说：'听了你的话，我明白了养生之道！'在这里，庖丁说的'臣所好者道'，文惠君说的'闻庖丁之言，吾得养生矣'，正是此文的主旨。都是在强调：忽略事物细节，而注重其本质与规律的哲学境界。"

她默默地沉思着，好像是想弄懂这番费劲的谈话。

"伟大的德彪西在创作中，往往会半闭上眼睛，用心灵倾听大自然心底的声音，体悟其灵魂之美，于是作品中便总有天籁般的声音。他的音乐清灵美妙，缥缈朦胧，深深震撼着人们的心灵；她们若隐若现，仿佛远在天边，又仿佛近在眼前，唾手可得；在安谧的森林深处，我们好像能听见草木生长呼吸的声音，万物呢喃细语。在他的音乐中，你可以感受到依偎在爱人怀抱中的甜蜜，听得见两颗相爱的心，在窃窃私语……音乐，本来就是不具体的，而德彪西的音乐，更如云烟雾霭一般缥缈。如此，她便深深地融入了人的心灵。"

暮色渐渐浓厚，朦胧的景色不再。

继之而来的将是黑夜，是人与万物的憩息睡眠，或者也是丑恶与罪恶暗行的时候了。然后再来的，将是白日的光明，人类与万物开始劳作奔波……

雪雾

　　带了三个滚圆的红萝卜，浴着漫天薄薄风雪，我俩出城去。

　　是细细密密的雪末子，风将雪末儿张扬着，一团团时聚时散，也浓也淡，又与浅灰色的云彩相干着，天也成了雪末的颜色。原本实在的田野迷蒙了，一片空旷。远近无人。风向只管顶，细细的雪末子迷眼灌脖子，但还是走。还要大喊大笑着，大力跺脚着，漫天雪雾也走出豪情万丈，尽情享用，尽情占有此刻全都归于我们的田野！

　　求那弥天雪雾也将我们收了去，化开，然后随它四方游荡，到处飘扬。不论是沟是岭，是山是川，是脖领还是眼珠儿，一概都要去！

　　那道原本很近的小岭，此刻也远去了，模糊又缥缈。岭上的小松林本来是青翠郁绿、婀娜多姿，这回却装模作样、故作高深起来，灰乎乎的成了一大片，什么都看不明白。莫非也要学倪瓒？几笔几墨，淡淡简简，便儒雅飘逸了？若有你也有华堂高轩，陈设硬木桌椅瓷器古董，罗帷绮帐掩映其间，壁上一轴云林的平远小景，岂不也风流潇洒？

　　如此的高人雅趣、名士风流，你也配？一个秃秃光光的小岭，没有一点起伏变化，没有一点曲折高深，就那么平塌塌的一览无余，也能附庸些风雅？

我们决定开始吃萝卜。田埂上找块石头，抽筒子拂去雪末子，然后坐下。它们真是太能装模作样了，就这么点雪花，也能把天地弄得迷迷糊糊，面目全非？麦苗很绿，只在叶梢上粘着一层雪末。啃下的萝卜皮喷出去，鲜红的萝卜皮落在黄土地上，落在碧绿的麦苗间，十分鲜艳。

天地间就这两人，真不赖！我俩吭吃吭吃地啃，咔嚓咔嚓地嚼，呜噜呜噜地咽，震得四处好像都在响。她不时很美好地弯过脸来冲我笑笑，脸上红彤彤的，一副幸福的样子。我就赶紧眯眯眼，做出与她同幸福的样子，她便幸福地又勾回头去，乌亮的头发上净是雪粒儿。

轻柔地给她拂下来。

落了雪的地有点酥，踩上去十分舒服，有点飘飘忽忽的，好像要升仙，这让人十分高兴。不必商量研究，我们同心同德、义无反顾地向那堆小树林去。"人为什么总是往有树的地方走？"我心里嘀咕。不想给她听见："树林好看哪！空气也好呀！"她天真得像个小鸟，衔着我的衣襟，在我后边叽叽喳喳，唱一支自己的歌。

我则坚定地认为：人是要回到树上去！没错儿。人是从那儿下来的，下来已经那么久，地上的日子早过够了，所以特别想回到树上去。说真的，树上要比地上好一千一万倍呢！关于这一点，我绝不需要西方的尖端科学家研究论证，因为这就是绝对真理、伟大预言，除非到那会儿没了树。其实，再没有比那些鸟科学家更糊涂、更愚蠢的了，他们能把细胞、中子，乃至染色体分成一千一万份，一辈子一辈子地研究，可他们根本也永远不知道人究竟是怎么回事，天地是怎么回事，大自然是怎么回事！

"我必因这个观点，被历史和人类追奉为伟大的先贤先哲！"她肯定没听清楚，疑惑地问我："你说什么？""毫无疑问！"我挥挥拳头，兴奋地搂紧她。她歪头冲着我笑，特别高兴。

松林不大，十分简单。松树也不大，而且松柏掺杂。尤其是那柏树，几十年才长那么一点粗细，枝叶孤零零地苦，可结实得像石头。要不，干嘛用柏木做棺材？干嘛在林上栽柏树？

在松林里，雪末几乎落不下来，只是觉得潮乎乎的。我俩在林子里转悠，百无聊赖，只好一棵一棵地端详那树，像是研究员。但脑子里却空空如也，远处的诱惑也没有了。

"转悠什么劲儿啊？我都累了！"她嗲声嗲气地跟在我身后说。终于有一棵模样还好、多少有点沧桑的柏树，找了块石头坐在它对面。闲坐着无聊，我说："再吃萝卜吧？"

"刚吃完又吃，我心里还辣着呢！""没听人说冬吃萝卜夏吃姜，不用医生开药方？""你哪儿来这么多这样的话？""可是你夏天吃不吃姜？""炒菜里头有，碰见就吐了。""炒菜的姜把劲儿都出尽了，不能吃。姜得专门吃。春天的鲜姜用盐腌了最好吃，鲜的吃罢了再吃干的，喀吃喀吃地就饭，好吃极了！"她就不再理我。

一个萝卜吃完，我问她："辣着心没有？""没有。还挺舒服的！"她仰着头，甜甜地望着我。这是真话。这姑娘最大的好处就是天真，别的我不在乎。

蹚着杂草，躲着棘藜，我们上岭头。回头看时，那小树林又很丰满，又很神秘了，一点不像什么也没有，只是像个坟头。我有点沮丧。站在岭顶上，左右上下都看得见，天地、田野、村庄都给雪雾渲染着，到处都没有一点勾勒。画法云：有墨无笔也！

错落参差的坡田显得很远大，简陋的村庄此刻也丰厚起来。隐约的小路在田土之间，是把村庄连起来，一直连到其实并不远的很远的地方去。然后就有山挡住了，有雾遮住了，于是就看不尽。平日的平凡，这时一点也不平凡了。

怪不得说：世上总是朦胧美！朦胧把细节与平庸、丑陋和琐碎全都遮掩了。

"理想美不美？"抚着她的肩头，我问。"美呀！"她毫无思索地一扬头，那份天真与青春的样子，真是可爱极了。"为什么呢？""因为那里有很多美丽的东西呀！""理想实现了，美不美？""当然啦！"她十分期待。"错了。理想成了现实就一点也不美了。""我不信！"

"就像那个小树林，就像远处的村庄远处的山，就像你觉得很美很想得到的东西。那个小树林从远处很好看，很神秘，真的走进去，就一点意思也没有了。远处的村庄山峦此刻这么好看，等天晴了，看得清楚了，就根本不好看了。"

再问她："爱情好不好，美不美？""当然好呀！当然美呀！"这回她高兴了。

"你天天想它盼它恋它，对不对？你为它哭为它愁为它睡不着觉，对不对？让你为它做什么你都愿意，对不对？""对呀！对呀！你怎么知道的？"真是个小傻瓜！

"你可千万别高兴得这么早！等你得到了，结了婚，俩人天天在一块儿，你才知道根本不是那么回事，不光觉得没意思，逃跑的心思也有呢！""真的？"听了这话，她好像是害怕了，惊讶地睁大眼睛。

"理想的美，就是因为她不是现实。而现实，一定是不美的。"这回她真的不高兴了，只管默默低头走路。我赶紧劝慰她："你千万别担心别发愁，宝贝儿！绝对不会有人因此不拼命追求理想，所有人都想把她变成现实。"这就是人的悲哀，苦难的根源，但只能这样。

"那我们就不要结婚了。"她沮丧地嘟囔。"真的那样就好了，我们就可以成仙了。"我说。"还开玩笑呢！"她嗔我，又哭又笑的模样，这模样不好拿也不好受。但人很难摆脱这模样，我不是开玩笑。

岭顶上有个小屋，烽火台似的，屋里地上有铺的草，还有一小堆灰烬。但绝不是烽火的遗迹，我觉得不如在外边坐坐。我俩靠着墙并肩坐下，我点了一支烟。

"不吃萝卜了？"她傻乎乎地问。一句话把我也逗乐了，这姑娘真是可爱极了，我们还有最后一个萝卜。天已昏暮，风弱了些，雪还是飘得盛。趁着昏暗，她浓浓淡淡愈有了姿色。

远近一片迷漾。

瞳孔散开了，漫无边际地张望这空旷天地。目光随处飘洒，却什么也不看见，忽然觉着这肉体正在融化，正在散开。然后也变成了雪末，升上了天空，融入了雪雾，同在天地之间倜傥游走，逍遥飘飞。这个人没有了，靠着他的姑娘也轻虚得没有了分量，没有了体温。

好快活哟！好惬意哟！"就此去了吧！离了这山，离了这岭，离了这世间和这个人儿吧！"忽然听见虚空中，一个空洞却真实的声音在召唤。"看！你看哪，有个女孩上山来了！"有人晃我，声音也熟悉。呜呼！终于还是变不成雪末！终于还是逃不掉这人儿这世间！

聚敛瞳孔时，果然正有一朵鲜亮的红色冉冉上山。奇怪极了！这旷旷空寂的山野，这迷茫混朦的天地，这昏昏欲去的垂暮，居然会有生命？一个活泼新鲜、活活地走、红红亮着的生命！她冉冉地上山来了，又慢慢地近了。先是两只水桶一前一后地悠，再是女孩的臂柔柔地搭在担子上，腰肢软软的，大腿满满的，胸脯鼓鼓的，脚步款款地。不慌也不忙，不快也不慢，像一朵刚开的鲜花，兀自在雪野里飘！

不一会儿，那红色就转进山坳里去了。天地重归空旷，重归寂寞。我住住望着适才她所在的地方，瞳孔又开散了，我肯定：刚才的情景，那女孩与红衫，不过是因想望而生的幻觉？一定是。原来，那坳里有一眼泉。

我赶紧起身，拉了她就走。"怎么啦，你？"她满面疑惑，认定我必是撞见了鬼。

从岭上下来，半腰里正横着一块石碑，好像是新打的。暮色深重，那平展展的石碑把我吓了一跳，她却高兴起来，傻乎乎地跳了上去，拍着小手来回扭着走。

石碑三四米长一米宽，四周雕着云形的图案，碑文还空着，正好叫她在那里舞蹈。碑座也刚雕刻完，式样傻瓜得很：一方大青石米把高，四面很费时地弄了四组浮雕，一面龙，一面凤，一面麒麟，一面鲤鱼。雕工整脚又粗糙，却是用了十二分的心。

死人要这些干嘛？"嘿！真漂亮！"她兴奋地围着碑座转圈儿，不住地蹲下，用手摸那些龙和凤。"漂亮个屁！"我虽然说，却不愿让她听见。不料她却听见，歪过头仰着脸瞅我，我只好另说："我说真是漂亮极了！龙凤呈祥，麒麟富贵，又有余又有偶，年画似的。不错！"

她半信半疑地瞅瞅碑座，再瞅瞅我，那表情又是难拿得很。

"瞧！这儿还有两个石头狮子哪！"她高声喊。石狮子歪在旁边地上，雕得还不错，胳膊腿和后脊梁上的鬃毛都弄得挺好。脚底下蹬了个绣球，嘴里还含着一个，而且能动。看来这石工祖传是雕狮子的。碑座却弄得糟糕，那是主家的错，他们要的东西太多，石匠怎么能都会？

她兴高采烈地摸着它们的头，捋捋毛，拍拍那冰凉的后脊梁，还伸手到它的嘴里，将那石球拨得来回滚，"咕嗡咕噜"地响。

暮色深了，黑夜降了，雪雾也就看不见了。我拿出最后那只红萝卜，照准狮子头，"咔嚓"一声磕开，碎成了好几块。

原载 1993 年第 3 期《中华散文》

空山新雨

正住在大山的胸前。

昨夜，一场淋漓的雨刚刚下过。清晨起来，天也清了，树也洗了，大山清亮得扎眼。青翠的山绿满了整个窗，轻轻烟岚在山间飘弥，漫漫游走。忽而这边，忽而那边，把山的这边遮了一角，那边掩了一片。大山成了一位半掩着面纱的新嫁娘，一位犹抱琵琶半遮面的美少女，不知多少神秘的窈窕在其中。

1 雨霁山水

午睡起来，精神甚好，往近处去看那大山。

没走多远，路旁便是一片空地。空地尽头，一带绿树正浓得好，黑漆漆的绿衬在坦白的空地上，宛如一幅列维坦。很想走过去看看那浓绿的树，如何装点出这幅美景。几次回首，终于还是没有。唯恐一旦近去，不过是丛平凡的林，将那动人的列维坦也毁了去。美，往往在遮盖掩饰了平凡之后，欣赏眼下便好，不必追根究底。

接下来的小路，真是小，茂盛的果园夹紧了她，刚刚容人擦肩而过。浓绿的果园给雨洗得干净，明亮阔大的蓝天下，半熟的苹果石榴鸭梨，在浓绿中点点闪露，风光正好。柴门半掩着，那将熟未熟的果儿青青紧紧、小小涩涩，不如留待她们成熟，再来欣赏那硕果累累吧。

沿着果园间蜿蜒的小路上去，正是大山的脚下。停了脚步，伫伫仰望那陡立的高耸，说不清他们到底有多么高大雄奇，多么壮硕丰厚！本来就雄挺着的胸、高昂着的头，加之石壁兀立、青松苍翠；再一重重、一沓沓地推向未知的高远；那说不清的雄浑、深远与高大，深深震撼着微不足道的人心。

还有那雨后的滴翠，还有那滴翠的葱茏。近处的绿，嫩嫩的；往上的绿，浓浓的；高远处，苍茫着；让你看也看不尽，只好迷醉其中。

绝妙的，是山前那一面水。被大山的怀抱亲亲地揽着，舒适地静卧在他的脚边。平平展展、安安静静，与她的兄长一般宽阔，一般安宁。新雨过后，那份清澈与碧绿，那份温存与宁静，让人不能自已。水面上映着大山的绿，映着青天的蓝，满满的一派清澈与新鲜的活力，仿佛情窦初开的少女，正倩倩地望着你。

大自然的山水，一定是有生命，有灵性的，像人一样。有心思，也有情意，会说话，也会呼吸；深明大义，又情意无边。是她们生养着世间万物，护佑着芸芸众生，应和着人间吉祥。你知道的，她都知道，你懂得的，她也懂得；时时教诲、敦促、引导着我们，热切期望我们：同她共老，平安康健。

于是忽然明白：中国古老的星象堪舆、龙脉风水，正是在探讨人与山水自然息息相关的道理。告诉我们：人是天地自然的子女，与自然本是一体。作为人类的母亲，她无私无欲，奉献自己以护佑众生。作为人类，又何不百倍珍惜、万般敬畏、时时亲近她们？

站在水边看山，他仿佛就立在水上。站在山前看水，则是一幅无法描画的天然画图。山和水相互依偎，形影不离，同生共老。自古以来，无水之山，必然贫瘠；无山之水，必定孤寡；水穷则无山，山穷则无水；山水分离，必无风景，亦无富庶，也难得安宁。而好山好水，一定是世间美好生活的赞叹。

2 山水与人

远远的，伸进水中一面大石上，两个女孩儿在洗衣，一红一白。她们一边洗衣，一边嬉笑，不住撩拨起水花。水珠散开，落在镜子般水面上，好像珍珠落在玉盘里，伴着一串串银铃般的欢笑，平整的水面微微荡漾。远远看去，两个女孩像是轻点在碧绿的水面上，镶嵌在雄壮的青山间，怎么看，都是一幅天然的画图。

这是山水的灵性？还是她们的爱意？是人的福分，还是山水的福分？两个女孩，给这默默无语的山水，不知平添了多少生机与灵动。但她们，却浑然无觉。她们不知道其中的美，不知山水的美，也不知自己的美；不知道她们正是这山水的生机，更不知山水如何赋予并彰显了她们的美。她们既无自豪，也无自卑，不过洗衣而已。或者以为：我本是这山水的女儿，本该在父母身边嬉戏洗衣。当然，她们也可以骄傲；骄傲自己的青春美丽，骄傲生在这里，骄傲……但没有。她们什么也没想，就这样自然地生活，就这样坦然地做自己——正像这山水自然。

当人文与自然之美叠加时，我们会得到太奢侈的美。当人性与自然相应和时，天地大道将畅行于世。我轻轻地拍手，想给眼前的宁静添一点声音。这宁静太容易传递声音，手刚刚拍响，红衣女孩便回过头来，并且认出了我。扬起带着水的手，使劲摇起来，大声喊道："来呀！到这边儿来！"清脆圆润的声音，在和谐与空旷中回荡，我这才认出了她。

沿着水边走过去，她们的衣服已快洗完，一件件晾在平滑洁净的大石上。她扬起美丽的笑脸，问我："你干嘛来？"脸上一片纯净圣洁的光。"来看看山。"我有些局促。"这山好看吗？"她那么天真。"当然。非常好看！"或许我点傻傻的，两个女孩就一起"咯咯"地笑起来。

我说："这山真好！要是有间石头屋子，能住在这里，吃窝头咸菜也幸福死了！"她瞥了我一眼，俏皮地问："是吗？"我说："是。"这回答就更傻了，她"哈哈哈！"高声笑起来。白衣女孩儿我不认识，不好多说话，站了一会，便同她们道别："我先回去。你们也早回，天不早了。"她们嘴上答应着，依然是坐在水边。

顺着小路徜徉而归，心里满满的，都是背后的青山绿水。

第二天一早，被那那幅列维坦诱惑着，再去路旁看看。昨天下午，那树丛背着光，显得浓郁而深邃。而早晨，正给初起的阳光照着，不光没了浓厚，且简陋而平凡。杂树间，凌乱破旧的房子直露了出来，哪里还有一丝美感？是的，是光线塑造了它的美，又显露了它的丑。

世上许多美好或丑陋，往往都是光线、角度、视觉甚至心境造成，并非其内里和本来。模糊朦胧，往往会掩饰简陋或缺陷，令平凡显得美好；而光明清晰，有时可彰显其美，却也可揭示其根底、暴露其丑陋；一如那美丑并生的树丛。审美不是哲学家，更不是科学家，而是表象与感受一时合成的共生物。

3 山水为伴

早晨出门时，又遇见红衣女孩，她礼貌地问我："你干嘛去？"我说："爬山去。"她问："哪个山？"我说："就近处这山。"她说："那山可难爬。"我说："这座山不高也不陡，有什么难爬的。"她说："山上树很密，没有路。"她的话好淡。但我还是去了。

不料刚到山根下，路果然就没了。隐约看见发白的去处，以为是条小径，便往上走。没多远，竟是个小小坟冢，清明不久，坟头上的土还新崭崭的。接下去便是全然的无路。树丛茂密，相互纠缠，紧紧拉扯，再也没什么发白的去处了。路彻底地没了，只好盲目地左冲右突。右冲左突，乱蹚意趣。几回冲撞突围，腿也软了，汗也下了，裤子几近挂破，锐气荡然无存！仰头看去，毫无路的踪迹，哪里有山峰的端倪？唯浓不可突的乱石密叶，漫漫横陈无边。

美感失去，诱惑全无，疲劳至极，再也没了追求眷恋。无须挂念，只有下山。下山的感觉真好，轻松潇洒，一路快跑。山坡不陡，风儿拂面，衣裾飘飘，披发扬扬。但心灵却凉，看似美貌实则冷漠的山，不是正应了《爱莲说》的"可远观，而不可亵玩焉"？

下到平缓处，路边山坡上，居然有一片孤独人家。老人正在菜园浇水，老妇站着梳头，小伙儿蹲在门口擦摩托车。菜园入口簇簇翠竹、木槿、丁香，百日红高低参差着，一派生机盎然。院子里满是红红黄黄的月季花，树下垫起一块石板，放下几个木墩，乃是他们的乐园。

不知为什么，他们离开村庄故园，住到这偏远的山里来，不顾孤独不便。但看看眼前情景，不仅没有凄凉颓废，反而活得津津有味、生机一片。不错，顽强生命力，乃是万物之本性。而宽阔的胸怀，坦荡的性情，一定是对生活不灭的期望。——无论多么艰辛、困苦、孤独。

4 山水迷蒙

晚上，又下了雨。初夏温润柔柔的细雨，湿漉漉凉丝丝的，赶走了连日的干涸。整个晚上，与这宁和温馨的细雨相伴，整个身心都被她浸透了。几天来，我朝朝暮暮盼恋着大山，却不知真正企盼的，竟是这润物细无声的蒙蒙细雨。

早晨，天空又是一派清明净朗。万物干净没法说，令人好不欢欣鼓舞。绿绿厚厚的大山，忽然也没了昨日的深奥叵测，只是一派清明的低吟浅唱。朗朗绿树一层层升向山顶，其下也清，其上也浓。山岩不时露出层层角角，让你不忘他的陡峭贤君，不屈不挠！此刻，他清明朗达，一派坦诚。含蓄，而不深奥；深远，却可至达。

下午，有人轻轻敲门。门虚掩着，一个轻柔的声音飘了进来："四点钟我替班。"我转过头，从门缝间看见她。"我昨晚打的毛线都拆了。"她随便一说，好像没任何意思。

昨晚，坐在门口台阶上，我们一起听雨。在淅淅沥沥的雨声中，款款说话，悠闲聊天；既不用心，也不费神。宁静淡然的声息，如涓涓小溪轻轻流淌，抚弄着细沙卵石、小草游鱼……

这些，都来自她。来自她天真未凿的纯净。来自她自然天成的恬淡，有如行云流水。那柔柔如水的心性，点点滴滴注入了我，也教诲着我，塑造着我。仿佛柔和自然的清风，如这静静无声的细雨，润进人的心田，然后住在了那里，然后渐渐滋生，蔓延，充满……何谓"人格的力量"？此之是也！

"四点了。"门外的她看看表，说："我去接班了。"那一言一行，一颦一笑，一举手一投足，都像是静静无声的细雨的。

老子说"上善若水"，这女孩的性情正是。她并不知什么老聃，更不知什么"水至柔，石至坚，然水可以克石，石却无以害水"，也不知"水无所不至，无隙不入，无物不需"。但她一定知道：水是生命的源泉，万物生息的必须；却不索取丝毫，无怨无艾、无言无功地流淌在那里。

晚饭后，去水边散步。路过她家门口时，她刚好出来，看见是我就问："你干嘛去？"我说："去水边走走。"她说："你等一下。"转回了院子。不一会儿出来，手里是用手帕包着的草莓，递在我手里："我也去行不？"我说"行"，便一同往水边去，我们边走边吃她的草莓，听着她小溪流水般的声音。刚到水边，她就说："走路真累人。"我说："这才是散步的意义呀！"她就宽宽地一笑。

在水边，我让她看映在水中的大山倒影，说：那是超然物外的清灵之象，她就美美地一笑，我又说：在这水润山青的山间，盖个小石屋多好！她笑笑地说："那天你说过一次，就给你盖个和尚庙吧！"我忽然就无语了。

回来的路上，我说："西天有晚霞，明天要变天了。"第二天一早，她看见我第一句话就说："你失败了！"我说失败什么了？她说："你看，天没变。"果然，天空如昨，清明朗净。太阳，更亮了。

她还是一边打毛线，一边说话。我说："这毛线打了几遍了？"她说："再打不成，我就去买一件！"我说："那成就'钓鱼钓不到，扛着鱼杆奔鱼市'了！"她咪咪地笑了。

我要走了，她来送我，小雨还在淅淅地下。路过她家门口，我站下说："再见吧。"她也说："再见。"就低着头进院子去了。我赶紧转身快步走开。

让她，让这山水，让这柔柔细雨，做我的理想。永远。

原载 1989 年第 10 期《散文》

许是怕她母亲疑问，在那最后时刻到来之前，她将短发一甩，"蹬蹬蹬"上楼去了。我要去了，离她而去，不知何时能再见。那时日，是如海市蜃楼一般渺茫不可期。

山城青岛的那些小马路，最是美妙迷人。她们依山势而凿，上下起伏，左右婉转，不知到底是要去哪里。路旁绿荫的后边，是建在同时代的一幢幢小洋楼，两三层高，一个独自的院落。房子是西式的，矮矮的方石花墙也是西式的，浓郁的树冠将路灯高高地留在上面，只洒些柔和的光，在幽静的小马路上斑斑驳驳。小楼们高低错落着，式样各异，只有边边角角在密叶中闪露。小窗里不时柔和的灯光，脉脉含情，好像在诉说窗子里神秘的过去。

也许是不忍给我看她那离别的泪水，也许是不堪那手儿一松的失去，虽在阴影里，也依然看得见她隐在母亲臂膀上的泪光滢滢。

依着巨大粗石精细垒就的花墙，独自走我凄凄的夜路。白日里的海风清爽宜人，夜晚却冷飕飕地直袭到心里去。小马路上很是清静，热恋中的情侣在树叶的阴影里呢喃，难舍难分。这是一座青春的岛，无时无处不在散发着青春的气息。

青岛夏夜的风，青岛的蓝天碧海、红瓦绿树、小楼幢幢，总让你难舍难分。她会有五条马路交叉的路口，或上或下，忽左忽右，各自婉转流畅而去。每个街角上都有一座别致的洋楼，绝无相似，将路口装扮得美轮美奂。最是南边一座尖顶的钟楼好看，典型的东欧风格，乳黄色墙面，古堡似门窗，绿色尖顶柔和的曲线，吸引了多少画家对面写生。

前年我为那钟楼写生的时候，怎么会知道，钟楼的背后居然住着她！

回转身，就能望见那个住着她的窗口，窗口是黑的。屋里没有开灯，在上下左右明亮的窗口中，她显得那么沉默，那么哀怨。正要转回身，隐约感到窗帘在轻轻拂动，接着，一个模糊的身影便掩映在帘角间，那正是她。

"我不能再留恋，那结果是我与她都不能承受的。"我用力对自己说。就在那脸庞开始清晰的时候，我毅然转身，躲进了钟楼的阴影中。我不敢再迟疑，我已感到那双痴情挚意的眸子，正在我那窗子里熠熠闪烁！

在这之前，我是一直把她当作小孩子的。一个小丫头，小妹妹，瘦瘦小小，头发乱乱、其貌不扬。是一个稀松平常的小姑娘，就压根没注意她已经十八岁，而十八岁就是大姑娘了！如此看来，眼前这境况这尴尬，都是我的粗枝大叶，都是我的过错！

我只管与她谈文学谈艺术，谈社会谈人生；只管大谈梵高毕加索、尼采柏拉图、拜伦与莎士比亚、德彪西和莫扎特；只管大谈阮籍嵇康、苏东坡辛稼轩、怀素王羲之……谈那些遥远与美好的，杰出与特异的，讲者听者不觉都深溺其中。我们只管啜饮清馨甘美的玉液琼浆，呼吸天国里的空气，在理想中迷醉，完全忘却了人间的庸俗烦恼……

但这有什么不好？谈这些有什么不对吗？好像我犯了什么错？莫非

不该崇尚美与杰出，不该崇尚才华和理想？莫非是我错了？

想想，确是我做错了。"人类总是企望美的"，又何况一颗善良、聪颖的心，又何况这如许的美好。一个富有天分，倾心于美好的人，一定会被她们感染，被她们迷醉，也一定会深陷其中。这就是我的错了，真真是我的大错了！

我不可以，在某种情况下是不可以的！如今，为了我的错，让她受苦。

当我回到家，回到朴厚浑蒙的泰沂山区，第七天的时候，她的信也随之而来。用小楷笔端端正正写在宣纸信笺上，既无抬头也无落款。只有一首小词《鹊桥仙》：

西雁匆绝，飞书莫断，字里念念盼盼。花盛叶茂再相逢，也胜却人间无数。

脉脉幽情，隐隐相思，眺望鸿鹏归途。两情若是久长时，又岂在朝朝暮暮。

字体还很稚拙，但情意已经无限。眼下才是深秋，她竟在期盼明年夏天的重逢，分别才只七天。我被这短短的小词压倒了，完全地压倒了。一个小我十岁，一个那么柔弱的女孩子，以她那用全体的爱造成的、深情强悍的心压倒了我。

少女的纯情，到底有多大的力量？又到底有多么伟大？看来如此爱意与思念是要一直伴她了，朝朝暮暮，累月经年，一直到明年夏天。她已经把一切都交付在这里，交付给无边的思念、无尽的爱——但这般的重量，我如何担待得起？少女的纯情当然美好，无人不爱，也无人不为之动情，可怎么可能？年龄工作、妻儿家庭、路途遥远，现实与世俗，可是能料理得清楚吗？哦！理想与现实，真的势如水火！

这是没有出路的爱，没有未来的理想。我所能做的，便是尽快了断她。

我这次去青岛，是因为她最近的一封信，她大病初愈刚刚出院后的那封信。这场病，让她经受了一次人生最大的灾难，几乎能看死亡。病中的她，对生活与未来完全丧失了希望，满纸都是颓废、消沉与无望，死被屡屡提及，一切对于她都无所谓，甚至自暴自弃。

这信吓坏了我，莫非，我连起码的人道都要躲避？救人！我疾奔青岛。为了让她恢复生活的信心，我倾注了全力，费尽了唇舌，无论如何也要将她拉出泥淖与深渊！她听话了，终于蹒跚地回到岸上，生活的信心逐渐在恢复。在这里，爱的力量是成就此功的根本，而这，却又与"了断"的愿望恰恰相反！难道是越捞越深了？

她热恋着文学与理想，在刚刚获得高三文科考试第一之后，立即就住进了医院。她对理想的追求过于急切，又是一副羸弱的身子，每晚读书写作或苦思冥想总到夜半三更，完全不顾是否煎熬病弱的身体。如今，虽逃离了死亡，但连学也不能上了，终日相伴着病痛、孤独和情感的纠缠。

晚饭后，我对妻子说我要去散散步。"我和你一起去呀！"我们总是一起的。"你在家吧，我要出去想点东西。"我是该认真地想点东西了。"行。"她又忙她的家务去了。

宿舍后面是起伏的小丘，间或有一簇簇疏落的小树林。本来就不浓厚的树叶已落了许多，瘦硬的枝干生灵灵地好看，让人想起"删繁就简三秋树"的话。暮色渐浓了，有鸟儿在树林间"叽喳"，林子渐渐朦胧起来，厚重深远了许多。

我只管在林间树下徘徊，黄了的树叶在缠绵的晚风里静静飘落，落在土地上，落在草丛间，没有丝毫声息。而我的思绪，恰恰与这情景相反，她们在我的胸中翻腾着，汹涌着，根本不能止息，也毫无办法条理。

我沿着那条若无若有的岭间小路踯躅着，踩着"舒舒啦啦"的秋草落叶，一直走，一直走……直到与暮色相融，直到夜幕降临下来。而到底，也没想出任何办法。

外一篇

太阳将落前，山顶上那美丽无双的提督楼，给火红的夕阳照得辉煌。

这是一座将德国古典建筑尽情张扬、雕琢渲染得无以复加的杰作。其结构形体变化多端，你遥远也数不清，数不清它到底有多少个平面，多少个立方体，他们又是如何安排搭配的。它唯我独尊地雄踞在青岛最高的山上，被层层浓厚的绿树依次推举上去，紧密地簇拥着。山下，就是青岛最繁华的街市区。

不远处就是庄园宽阔的大门，芬儿一身素裹，独自一人在林荫下偶偶徘徊，满面都是凄凉。雪白的衫子，月白的短裤，齐耳短发在风中轻拂，凝神望着落照的辉煌。

"小路这般寂静曲折，最适宜病中遐思的女孩。"午后就来，时间已经不短了。她觉得有些累，就势倚了身旁的白丁香树，伸手扶她粗柔的枝。衣袖褪到了臂弯，露出了小臂晶莹如玉，红霞将素衣染了些粉红，苍白如石的脸儿也抹上了红晕，这便是奇迹。虽是青春的年华，从高一时疾病缠上她，她始终是苍白的，何曾有过健康与青春的红晕？

晚霞也褪尽了，芬儿还是苍白的。聪慧的眼睛里，还是挥之不去的凄凉。活泼与欢笑早已不属于她，除去无言与沉思，仿佛总是刚从梦中醒来时的懵懵惺忪。

"你怎么在这儿？"姐姐寻来了。芬儿好像受了惊吓，转过头，给姐姐凄然一笑，莫名其妙的话从嘴里悄悄流出来："有天上的重逢，有人间的留恋。有可成而未成的事功，有将实而仍虚的愿望。"姐姐不禁惊讶，半张着嘴，老半天才艰难地说话："你看，这草儿多绿呀！"

"这无非是世间的点缀罢了。"芬儿还是暗暗的。姐姐引她回家，就在山坡上鳞次栉比的小楼中。天空已是无奈的铅白。一只孤雁"嘎嘎，嘎嘎"地叫着，从头顶飞过，渐渐远去，又渐渐无踪，还是留下铅白无奈的天空。

夜幕全来，月儿也上了中天，虽如柳叶，却明亮精致叫人怜爱。星光熠熠，如山城中点点灯火。起伏的山势，错落的茂树，将岛城之夜晚做的美妙神秘。大海浅吟低唱着，为她作歌，远处船上渔火如萤，堤上莹黄的路灯，勾勒着她柔美的曲线……青岛的夏夜，是一杯醉人的美酒，你看那朦胧的海滩旁，黝黑的礁石上，浓密的法国梧桐白玉兰下；优美的八大关，幽静的小马路间，都是年轻人爱的天堂。

但美丽的青岛之夜，与芬儿完全无关。在她的小窗里，柔柔灯光下，小小写字桌，整个的夜晚，她只管奋笔疾书。钢笔落在纸上"沙沙"的声响，写好的文字一页页摞高，她不像是柔弱的小女子，倒像是健壮的强者。

夜深了，浪漫与芬芳走了，青岛睡了，海上却起了风。强力的风使劲摇撼着窗子，屋里冷了起来，一阵阵寒气袭上心头。芬儿不住地咳嗽着，觉得头很痛，只好放下笔，从那一大堆药瓶里挨着往外倒出药片，分几步一一把它们吞下去。

躺在厚厚的被子里，她一点也不觉得暖和，根本没有睡意。"莫非我就这样完了么？我快要死去了么？大家都那么健康愉快，唯独我是这样，是我的心性太高了吗？还是不自量力？是谁给我讲拜伦、雪莱、莫扎特？是谁给我讲徐志摩、闻一多、石涛八大？……是我的表哥。可我此生什么也做不了吗？辜负了自己，也辜负了表哥！"

沿着一条不宽的小马路、弯曲又倾斜、两旁是巨石砌就的花墙，芬儿同表哥到海边去。两个人都默默的。表哥蓦然止步，转身面对着她，极为严肃地说："芬儿，你一定要鼓起生活的勇气！"望着表哥期盼的神情，芬儿伫伫地，眼中不觉盈满了泪花。

走过海滩，他们一直走到最远的那方大礁石上。两人坐下来，离得远远，湛蓝的海水被半天红霞染上了一层蔷薇色，在夕阳下闪闪发光。

渐渐地，太阳开始落去，高天渐成一派青白。海水的颜色也柔和起来。远远的岸边，一簇簇白玉兰正开出花儿满树，在黄昏中亮得耀眼，偶尔一阵香气淡淡飘来。头上的青天澄澈着，脚下浪花阵阵拍岸，他们好像在一个无人的世界里。空静又离尘，谈着人生，谈着文学，谈着未来，一阵娓娓，一阵激越。

不觉得暮色融融已去。不觉得夜幕垂垂到来。当他们终于有暇回身一看，来的路已是一片汪洋！涨潮了！他们早已忘了这个！

"快走！"表哥急了。他知道，每一份迟延都是潮水越来越高，海水越来越深。他是多么痛恨自己！竟然忘记了涨潮，忘记了时间！表哥迅速跳进水里，海水已近膝盖，芬儿还站在礁石傻愣着。表哥忽然想道：芬儿的病是绝对不可以着凉的。他踌躇了，潮水更高。

"芬儿！不能再等！来吧！我托你过去。"水已没膝，这是潮涨最急的时候。再有拖延，即使托着，芬儿也难免不被弄湿了。五月的海水正凉，谁也没有机会选择了。这是一带平缓的礁石，通向岸边，他们就是从这儿走进了大海。双手托着芬儿，表哥小心地、尽可能稳健地迈出一步一步，稍有倾斜，海水就会湿了她。躺在表哥的臂弯里，芬儿十分愧疚，整个一个人的身体，加之万般的小心，她觉得受之不起。与此同时，却又感受着万般的幸福，自己那娇小的身体，正在表哥强壮的臂膀之中，是一种什么样的温暖，什么样的幸福？为了让他轻一些，芬儿用力搂紧表哥的脖颈，心也如烈火一般烘烘燃烧起来……

礁石上的长谈，被托过海的幸福，让芬儿久久不能平静。每逢夜深人静，她都要将那情景重演起来，一次次重演起来。每一次重演，都是那么清晰、那么激荡人心，爱的热浪在心底汹涌澎湃。恍如昨日，恍如身边，恍如此刻。每当这时，芬儿便被幸福充满，充得满满的，膨胀着，火热的身体好像会随时迸开，好好享受一次人生！

她怀念那次谈话，更感谢那次涨潮，整个生命都在感谢。像是夜海风浪中一叶独行的小舟，随时都会倾覆，葬身海底。正在绝望时候，忽然风收了，浪止了，天亮了，朝阳霞光万道！船儿好好地停靠岸边，上得岸来，脚下是一条宽敞的大路，路旁开满了鲜花，一株蓬勃雄壮的大树就在身边！她依着他，她靠着他，安然俯在树下，在浓荫绿叶中，与他一同休憩，享受阳光，享受生活……

即能如此，生活将是多么的美好，生命会有多么的坚强！又怎么会是风中烛、雪中花、风浪中一叶孤舟？她那干枯冰冷、一无未来的生活，将被阳光照耀，被春雨滋润……

表哥昨天的来信中说："你要唤醒你生命中最刚强的东西，让它们强大起来，强大地站在你的身体里，让疾病走开，让春天与未来充满你！""是这样！是这样！我当然希望是这样！"她把信贴在胸口，对自己说："如果是这样，我当然愿意活下去，我真的愿意活下去！这样的人生多么可爱！"她忘情地亲吻着那信，幸福地对自己说："让爱支持我吧！让爱鼓励我，让爱保佑我去追求我的爱！"

这可如何是好？我又如何回信？

追摩自然

一条宽阔清澈的河流．在山谷中雍容走过，又在原野上坦荡蜿蜒；蔚蓝色天空清亮而高远，河上映着白云朵朵，船儿也微微荡漾，欢乐的人们弹琴歌唱；森林茂密，浓重而宁静，岸边高崖上古堡屹立，远处的田野碧绿如茵一望无际，牛羊安闲地吃草，追逐嬉戏；田野上农舍点点，广场上鸽子散步，喷水池边婴儿"呀呀"学语，恋人亲吻蓝天……

这是什么？是《蓝色多瑙河》的图画，是纯洁美丽的大自然图画！

一片金色的森林，法国梧桐和橡树粗壮健硕，茂盛的枝叶舒展着伸向天空；阳光从叶隙间流下，洒洒金光辉映在林间，四处金光点点；一驾马车，沐浴着天庭的光芒，在宽敞的林中道上欢快奔跑、马蹄儿"的的"，马铃儿"叮咚"，鸟儿争相鸣唱，马夫吹奏着口笛；车上，身穿雪白连衣裙的姑娘，伴着大自然美妙的乐章，欣然歌唱，身边的青年陶醉了，灵魂融入了爱情，融入了自然，冉冉地升上天国……

这青年，正是不朽的约翰·施特劳斯。这图画与歌声，正是永恒的《维也纳森林》，一曲大自然不朽的乐章。在乐章中鸣响的，是大自然的声音，也是大自然的歌唱。是人类的崇拜与热爱、仰慕追摩大自然的渴望，是心灵与自然交融后，发出的由衷震颤与鸣响……

今天，在浓烟滚滚的红尘中，多想再画一幅《维也纳森林》！在浊流污水横流时候，多想再奏一曲《蓝色多瑙河》！

常常去寻觅那梦中的清澈小溪，但溪水早已干涸，散乱着脏污的杂草乱石，仿佛匪掠后弃下的垃圾。眺望山岭的时候，那里已没有了森林，光秃与干旱满山；攀上山去，寻找树木，只有零零的瘦树在燥风中颤抖着，树桩满山。河流没有了清澈见底，天空再也没有一碧如洗；"风景"区总是垃圾遍地，海滩上是满满的肮脏肉体……

是要发展？还要毁坏自己？人们说："都要！"

人类要与自然南辕北辙，分道扬镳了。毁坏农田，建造工厂；毁坏草原，开掘矿山；砍伐森林，制造荒山……却忙着探索太空和月球，希望在那里制造出空气土地和水，让财富的飞船载我们逃离地球，去那里重建家园！

回头再看地球，已是烟尘弥漫，千疮百孔，满目疮痍，赤地千里。四季早已倒错，寒暑风雨完全无序。贪婪的人决心把地球打烂，掏出煤掏出油，掏出金银，掏出所有。然后让它们在这片土地上燃烧，在河水中流淌，人们好疯狂享乐、热烈欢呼："我们富了！"

但好像还是不够，还得严密搜索：看看还有没有树木可以砍伐，还有没有草原可以铲除，有没有动物可以捕杀，有没有土地还没盖上楼，有没有江河还可以倾泻……

当我们聆听《维也纳森林》《蓝色多瑙河》《田园交响曲》，被艺术家那纯净美好的心灵感动迷恋，才忽然明白：我们忘记她们已经太久！我们已经太久太久忘记了精神，丢失了信仰，抛弃了道德，又何况艺术与自然？

除了钱，今人不再需要别的，当然也不需要地球。只要有财富金钱，汽车大厦，宁可失去一切，宁可失去大自然。失去生养我们土地空气和水。又何况质朴的心灵，安宁的生活？

有时也许不是：他们有了钱，有了楼房汽车，却又要享受自然！假日里，开着汽车的人纷纷逃离城市，土豪干脆在山里盖别墅。他们要逃离，逃离让他们挣了那么多钱的城市，逃离他们制造的污水烟尘雾霾。他们不要这个，他们不要这些脏东西，他们要清洁的小溪、原始的山林，干净的原野；他们要新鲜的空气、明媚的阳光，要海水蓝蓝小溪歌唱，要森林郁绿，鸟儿鸣啁……为什么？你们毁了她，又想要她！

"不要紧，没了自然，我们会造！"他们说。于是山上的大树大石挖到城里来了，再用水泥造山崖，脏水当瀑布，用塑料造叶造花。他们把这样的"自然"美其名曰"山水"，美其名曰"生态园"。大树一批批地死去了，石头上是老厚的尘土，脏水更成了臭水……生活的时候，他们要好的环境获得自然，不要垃圾，不要污染；可转回头来，他们又要发展；于是再去挣钱，再去毁坏……问一问贪婪的人们，那么到底要什么？你们到底是什么东西？

人类是大自然的儿子，是自然所生万物之一。因此人也是自然，是大自然的一分子。人类在童年和少年时，是与自然是一体的。因此他们不渴慕自然，也不追求自然，因为他自己就是自然。他日出而作，日入而息，耕耘而食，凿井而饮，法于阴阳，和于术数；他取之自然，归于自然，不会毁坏更不会掠夺自然。直到人类成年以后，他们只是建设家园，创造文明，也万万不敢伤害自然。人类如此与自然相安着，和睦相处了数万年。

直到二百年前欧洲的"工业革命"，人类终于睡醒了，终于明白应该向自然宣战：自然是什么？是我们的财富嘛！于是开始掠夺，开始破坏，也终于明白了：财富居然是那么好的东西！于是就学会了贪得无厌，于是土豪大亨们就腰缠万贯，就摩天大厦林立；于是就烟尘弥漫天空，垃圾倾泻河流，土地不能耕种……

可这地球本是自然，怎么经得住如此折腾？臭氧层就烧出了大窟窿，地球不再有正常的、适宜人生存的温度，自然生态被彻底破坏……如此看来，现代人的本事真是大，比古人大了不止千万倍；现代人的大脑也聪明，比古人聪明了万万倍；古人多少万年做不到的事，他们用短短二百年就做到了！

好像是有一个伟大的预言，说是："工业文明必将毁灭人类！"不知当代人是否听见？

不管你是否听见，这个预言正在应验：地表水了无不污染，地下水接近枯竭，没有蓝天白云，只有雾霾尘埃；旱涝接踵，气候多舛，雪山融化，极地消融，野生动植物濒临灭绝……这就是人类赖以生存的土地空气和水，大自然和生态。

可今天谁管这些？他们正忙着呢！忙着制造航空母舰核潜艇，忙着航天器空间站、登月亮登火星登金星……他们哪有工夫管什么自然生态？不知财富能否在月球上制造出空气水和土地？也不明白：原本好好的地球，多少亿年才造成了人类，大家活得好好的，干嘛生生把他毁了，去火星月亮上找土找水找空气？这真是个最聪明的人类！

不知他们何时才会说："坏了，地球坏了，不能住了。""是坏了。可你是怎么把她弄坏的？"他们说："弄富裕，弄发展，弄进步。""你们弄钱弄富裕，弄发展弄进步不要紧，怎么弄得活也活不成了？"

他们就说："那就只能上月亮吧，可得多带棉袄棉被，那边冷，零下一百多度呢！还有，一觉就得睡半月，干半个月活儿还不让睡觉，得好好练；还得多带干粮，那边缺粮食。"

就再也别提《维也纳森林》，再也别提《蓝色多瑙河》了！

绿色于我

终生挚爱着树木森林 \ 绿叶林荫。只为她们是生命的颜色。

一点不会养花。在我家，凡开花的植物总不成活；但须有常年的绿叶。当四季常青，且生命力顽强；不可娇贵、无须伺候，浇点水就好好成长。让她们在你身边，在你眼前，长相厮守，月月年年。累了、闷了或闲了，便看看她们，在她们跟前站站；心情便有了安慰，日子便有安宁。

不爱花，在花园花丛前总是木然，那鲜艳夺目、五彩缤纷让我不知所云，难得有审美的判断，也懒得分清审美个性与心灵。因为很快，她们就会凋谢，就会枯萎，就会什么东西也不是。无论当时多么绚丽鲜艳美妙，多么稀有贵重价值连城，转瞬就会散落凋零，委之泥土。

绿叶则恰恰相反，虽然不如花朵艳丽好看，与平凡众多，既无光彩也无果实，仿佛没有丝毫成绩；但正是她生长着花朵，更生长辅佐着成就。她不缤纷灿烂，不博人眼球或称赞，但总是给人生机勃勃，生趣盎然。她不须伺候照料，顽强的生命力让她始终也健康安然，从春至秋，甚至一年四季都在那里绿着，年年月月都是你生命的陪伴。

这也许是我的命中所定，不需花朵灿烂，不需果实累累，只要生命长青。深爱着绿，即使蜗居斗室，一片生机勃勃的绿叶也会让我安慰。要紧的是户外，有绿树成荫，有庄稼遍野，有杨柳夹岸，绿树拥簇着村庄，草木葱茏了山岗。更好的是大山，森林雄厚无际，古木嵯峨参天，浓绿满眼，起伏绵延。笼罩着你，围绕着你，更护佑着你。

每当置身其中，每当被她淹没，心中立刻就充满了欢乐满足，充满了幸福。这时，就会忘掉一切，甚至舍弃一切，永远都在她的怀抱中。

虽挚爱如命，却始终没有一棵属于自己的树，无论是什么树，无论大小、高矮、粗细，也无论华茂疏落我都不在乎。只要有，只要她站在院子里，从早到晚伴着我就够了，但终于没有。不光没有树，连院子也没有，就是有树与栽在哪里？也许永远都不会有。这是上天注定了我：让我爱她，却不占有；让大自然的一切树喂养我，走到哪里伴到哪里，也让我终生热爱呵护着她们。

我当然要尊奉天意命定，把我的心就放在大自然里，让她永远离开城市与楼房、汽车和马路。于是，天下的树就都是我的了，无论我走到哪里，她们都在那儿等着我，到处都有我的树。那无数的绿树与绿叶，时时处处都在伴着我，时时处处都会护佑着我，护佑着深爱她们的心，护佑着我脆弱的生命，让她不会在枯燥干涸中颓然而去。

盼望大自然中的树木绿色不再被金钱践踏，不再被财富铲除。盼望她每天都能增加一分，哪怕少，哪怕慢，只要增加，不要减少！

也许正是为了爱大自然，爱她的绿色与生命，毕生都厌恶城市尘嚣。因此酷爱着乡下与田土、森林和大山，为了那里有不息的生命在延续。于是才把我的心与爱、牵挂与祝福，全都放在了那儿。在那儿，在大自然绿色的环抱中，我才会感到生命的踏实、生活的愉悦。

春天的时候，人们总是在忙，好像在追赶什么祈求什么。终于有了空儿，才看见河边的柳树早已绿了，路边的杨树满是油嫩的新芽！这时才有一声长叹：到底忙什么呢？居然把春光错过了，把生命的本身也错过了！却不思悔改，等到再一次抬头的时候，树已经全绿了，绿得那么浓厚，那么茂盛蓬勃。却这一次的叹息，是无法挽回的了："春天过去了！"

究竟到什么时候，我们才不会惋惜逝去的春天、逝去的时光，不会惋惜被你屡屡错过的绿色生机？也许要到夏天。天热了，你才可以偷闲？

夏天的时候，那浓郁厚重的树木与绿叶，准是为佑护我们这些可怜的生灵，给我们消暑纳凉熬过暑热的吧？直到夏天，人们才会逃向树下，逃向凉荫，根本顾不得此前是多么疏远她，冷落她。这时才想到去大山里，去山中的小溪，去享受那无边的绿。只是因为炎热，你才想起了她。才舍得放下庸庸碌碌，莫不也太市侩？

或者还有秋天。当绿叶黄了、落了、凋零了，你才会明白绿叶的好，才知道秋来了、天凉了、蓬勃与生机也去了。于是悲着秋，伤着秋，叹着秋，多少失落与喟叹都趁着秋天发出！可绿色降临，生命旺盛的时候，你干嘛去了，知道珍惜了么？或者并不懂得失去，只是兴高采烈地去欣赏红叶，又哪里知道：那红叶并不是生命的旺盛，恰恰是生命离开时的回光返照呢！

用心看好冬天吧！冬无藏，春则无生。如果你曾喟叹过、惋惜过或后悔过，就一定要把这些后悔惋惜、遗憾失落，一起都化在冬天里。好好保藏这生命的根本，用心孕育培植着她们，虔诚地滋养，然后养成一个好春天。当新绿降临时，不再匆匆，不再错过。

因为，绿色是生命的颜色。

我爱着自然，爱着绿色与生命，甚于爱世上任何东西。不爱荣华显赫，不爱利禄功名，正如不爱鲜花。于是，只好守着天命了，一生爱我的绿色吧！

第二辑

山水自然

鲁地十八拍

伯禽引　龟山操　泰山赋　徂徕歌　新甫吟

曲阜行　沂蒙曲　峄山辞　大汶口颂

1 伯禽引

伯禽，是鲁国的开国之君。

公元前 11 世纪，周武王伐灭纣王后，将土地和官爵分封功臣。周公姜尚封在"奄"（今山东曲阜），却姜尚愿继续辅佐武王，于是武王以姜尚之子伯禽代之。伯禽在奄建国，曰"鲁"。

鲁国虽立，疆域并未平定，淮夷与徐戎共同兴兵犯鲁。伯禽挥师南下，平息战乱，鲁国方才安定。为庆贺平疆的胜利，伯禽率领他的军队与臣民，来到泮水之滨，举行盛大而素朴的庆典。

那一天，阳光灿烂辉煌，和风微微拂煦。

河岸上，交龙之旗猎猎严整，鸾铃之声哕哕如歌，战马勇武跻跻，英士济济美盛。伯禽身着朴素明淡的王服，容止优美庄重，神态温和宽宏。他站在臣民们面前，微笑着把美酒一盏盏赐给长者，祝他们健康长寿；又用明朗和悦的话语，向人民施说教化之音……

清风呵，微拂！阳光呵，朗照！村姑农妇们呵，在泮水之上采芹、采藻、采莼……

一幅多么美妙昇平的图画！

2 龟山操

在泰山与沂蒙牵手的地方，是一派漫漫丘陵。绿墩墩的村庄，一簇簇蹲在岭窝里，一言不发。那著名却失意的龟山就在这儿。《诗经》云："鲁有龟蒙，遂荒大东。"从这儿往东，就是荒远寂寥的东土、东海、东天啦！

龟山不大，而且很孤独。高不过百米，方圆不过十里，东南西北不与人邻，草木薄薄，异石裸露。但真是一副龟的模样！远远望去，它四足微伸，欲行却止。龟首稍昂，栩栩如生；龟尾紧缩着，朴实又憨厚；最是那微微拱起的龟背惟妙惟肖，生机盎然，仿佛那沉稳而健壮的生命，时时都会鼓动而发。

这样一座平凡又孤单小山，因了孔夫子的一曲《龟山操》，而声名远扬。那操歌中，浓浓地蕴含着中国文士的传统品格含，因此就一直留淀在中国的思想史中了。

清乾隆内阁大学士沈德潜在其《古诗源》中，载有《龟山操》的原文。其诗序曰："季桓子受齐女乐，孔子欲谏不得，退而望鲁龟山而作歌，寓季氏之蔽鲁也。"其诗操曰："予欲望鲁兮，龟山蔽之。手无斧柯，奈龟山何。"由于有序，歌中的意思便十分明白。

鲁国贵族季桓子接受齐人进献的女乐，孔子阻止不成，无奈望龟山而作歌，寓意季桓子遮蔽了鲁国的正风大道。孔子唱道："我要看到鲁国的清明大道啊，却被季氏的腐败污秽遮蔽。手里没有权柄利刃啊，又能把祸国的奸佞怎么办呢？"

这也是中国的第一首操体诗歌，和琴而唱。此歌中蕴含的思想，也成为后人作《龟山操》时的范本。一千多年后，唐代那"文起八代之衰"的古文运动领袖、在朝廷做着大官的韩愈，又作了与孔夫子同题、同体、同义的《龟山操》一阕，不过文辞更加丰赡了。歌中唱道："龟山之气兮，不能云雨。龟山之卉兮，不中梁柱。龟山之大兮，祇以奄鲁。知将堕兮，哀莫予吾。周公有鬼兮，嗟予归辅！"

白话是："小小龟山上的气啊！根本不能积云降雨。龟山的小小灌木呀！怎么能做栋梁？龟山那一点点小啊！也不过是在鲁国。良知与清明都堕落了呀！我的悲哀深重！如果圣明的周公有灵啊，一定会哀叹我的忠心辅佐！"与孔子一样的哀叹：作为臣子的知识分子，白白有匡扶社稷、辅国安民之志，却无力回天！龟山实在太小，臣子和知识分子太微不足道，满腔热血忠贞赤诚，唯苍天可鉴！

龟山确实太小，既不高耸壮阔，绵延重叠，也无沟壑纵横，树木参天。虽然太小，却高高独立在平原丘陵之上，实在是太突兀，太高傲。既然突兀于四面，全无遮掩，风剥雨蚀自然首当其冲。不必说八面来风十方走雨，小小风雨也躲避不得，一些小心事也藏匿不得。山上薄薄弱弱的草木，虽然中不得梁柱（只能当柴火），却也被砍伐过无数次；伐了再长，长了又伐。始终不能丰厚茂盛，却也没有少了多少。而那山也是，虽不见高大，却也没有多么矮小。

这是龟山，也是中国知识分子的样子——虽小，景致却好。

自龟尾循小径而上，"石牛"老老实实地卧着，"石菇"亭亭冉冉地立着；"石屋"深不可测，"石门"疾走山风；走到胸口处，又有"天梯"巨石相叠，几似人为，却是天工。

最感人的莫过于龟首。巨石自山体往东生出，正是龟的下颚，能工巧匠也难做的如此酷似。龟舌更奇，于龟颚之上凭空横出，宽有六尺，长可丈五，抖抖地攀上去，人只在半空之中！瑟瑟坐定不敢稍动，唯恐惊动了它的灵异，颤抖一下，小命就丢下山去了！老乡说此石乃龟山灵物，遇有大风或特异之事，便会豁然作响，村庄里也听得清楚。初闻以为妄谈，坐到石上，方才信然！

这龟山也是有生命的么？

又《春秋左氏传》曰："齐入来归龟阴田。"龟山之北，宫里、果都、天宝、祖阳四镇，乃万亩良田，膏腴稼穑，有"粮仓"之誉。——正是齐鲁会盟的地方。李白也曾隐居龟山之北，徂徕竹溪时，曾有《寄儿》诗："吾家居东鲁，谁种龟阴田。"足见此番田土和龟山的盛名。

龟山其小兮？龟山其大兮！曳泰山，而衔沂蒙。

3 泰山赋

《诗经》说"泰山岩岩，鲁邦所瞻"的时候，泰山还是个普通的穷小伙儿，哪里想到日后会大富大贵起来？"山，还是那座山；梁，还是那道梁。"怎么忽然就衣衫锦绣、珠光宝气、不可一世了？

三十里盘路，一万石阶。山下金碧辉煌岱庙，山顶云蒸霞蔚碧霞祠，一路牌坊，千百碑碣。处处寺观楼堂亭榭，步步文人名士题咏。更有唐宗汉武、宋皇清帝、历代帝王御制龙碑……好一个"五岳独尊"！好一个"万代瞻仰"！

山上多有松柏。泰山的松柏，也尽是人间烟火味，名字无不富丽堂皇。半山五株大松似华盖，始皇帝封禅途中遇雨，其松遮雨护驾，辄封"五大夫松"；普照寺中"六朝松"，荫广如厦，盘旋如龙，汉魏六朝所植；岱庙中有汉柏，汉武帝封禅时手植，专辟"汉柏院"侍之；此外更有卧龙柏、卧龙槐、龙松、凤柏者，不可胜言。

泰山是座大有功名富贵的山，其功名皆来自皇权，其富贵皆源于封禅。"封禅"者，言皇位并非人之所欲，乃"受命于天"：帝王封禅于泰山，于此受天赐之皇位，这便是泰山的用处，便是泰山富贵的来源，也是他优越于其它他岳、敢称"五岳独尊"的缘由。

就连泰山上的松柏树木，石头摩崖，也是一片功名利禄之声。不过才两千来年吧？

4 徂徕歌

鲁之北有大山，曰徂徕。其纵横数十里，沟壑千万重，峰峦叠嶂，蔚为深秀。徂徕有巨松，历经千年，粗可数围，雄壮苍郁，皆隐于山深之处，附于陡崖之上。

在苍翠的山谷中，仰望高崖上的古松，叹羡之心不可名状。那巨松或立或踞，或卧或倚，或行或奔，或升或引；或文之或武之，或静或动，或伏或出，或歌或思；更有沉者、雄者、壮者、秀者——凡百态千姿，性情各异，不可胜言。只可远瞻，而不可近亲焉！

鲁大夫奚斯在《诗经·鲁颂》中，这样唱道："徂徕的松树呵，新甫的柏！把你们斫伐了吧！砍削得整齐。松木制作梁柱方橼呵！粗壮又结实。造成了路寝宽大无比呵，新庙也神采奕奕！"这是庙堂的诗歌，赞颂着"徂徕之松，新甫之柏"建造的宫殿庙宇有多漂亮。

于是也终于明白：那些徂徕的大松，为什么长在高不可攀的悬崖上，而不遍及山野。

庄子曾有"材与不材"之论，被后代士人奉为安身立命的圭臬。故事的大意是这样的：

一次，庄子去弟子家做客。路上，见乡人正在伐树，只捡粗而直的伐倒，不要瘦小弯曲，于是庄子对弟子们说："你们看，那些成材的被杀伐了，不成材却安然无恙。"弟子们点头称是。到家后，主人杀鸡宰鹅款待老师。这时仆人问："主人，杀那只能叫唤的鹅？还是杀不叫唤的？"主人说："这还用问？当然是杀不叫唤的。鹅能看家，不能叫唤留它何用？"庄子听见这话，对身边弟子们说："你们听见了吗？没用的被杀掉了，有用的才能活下去。"听到这里，弟子们就不明白了："老师，在路上的时候，您说没用的安然无恙，现在您又说有用的安然无恙。那么，我们究竟应该做有用的呢？还是做没用的？"

庄子欣然而笑："吾当处材与不材之间，方可尽天年矣！"

祖徕之松原来也在山野，因为方便，早已被伐尽。如今，只因绝壁艰险，那些大松才得以留存。那生在陡崖之上的大松，已有合抱之粗，其中既有高直的良材，亦有弯曲的不材，却都安安稳稳活了数千年，直到老死——又如何论之？

处于深山幽谷绝壁，虽脚下只有一层薄土，然远离尘嚣，与世无争，便免去了官匪刀斧之伐，也免去了尘世争执杀身之祸。她们怀着一颗恬淡虚无之心，隐丁深山幽谷之中，虽清贫寂寞，靠着仰天光，沐大气，承雨露，也活得潇洒随意，尽如自然！这，岂不是中国哲学的经典命题？

5 新甫吟

新甫，在祖徕东 30 里，曲阜东北，乃泰山祖徕一脉，葱茏茂郁，可亲可爱。其坐北朝南，三面环绕，似一张深深的座椅卧榻。进了山中，但见青嶂四面，山谷若井，蓝天清溪，绿树丛溟，一块坦荡的磐石正在风口上。

那磐石的中央，一株古柏卓然而立，株干似铁，枝叶若褐。那裸着的株根，仿佛多年前倾下的一堆铁汁，冷了，凝了，剥着一层层的赭皮，仍然青虚虚的坚韧。看那磐石圆整光洁，那堆株根好似蜡烛滴在蛋壳上，为什么？这柏树的根须是如何扎在了石头里？怎么能好好的活下来？他是如何从那石头中取食取水，长成了这铜铸的株根，钢铁的身躯！

《诗经》所言："徂徕之松，新甫之柏"，当是此物，时已三千年矣。

一粒柏子，落在了石缝间，靠着一点细土，几滴雨水，他就活了。那又软又细的根须，在那石中顽强执着地伸展，东钻西突，觅食觅水以求生存。慢慢地，枝干就长大了。可枝干大了，又需要更多的水，根须也只好再长大……长此以往，植株越来越大，根须也越来越粗，那大石也只好被慢慢地挤开，慢慢地劈开。

那本来光整的磐石，当然不愿让这些细软柔弱的小东西们钻进身体，不愿让他们在里边瞎折腾，更不愿意让他们在里边长大。一定会拼命遏制他，压迫他，排挤他，杀灭他……

如此，这柏树与磐石的殊死争战，也整整三千年了。而三千年的争战，又结果如何？柏树虽然在长，终究不过铜盆般粗细，枝叶虽然常绿，却绝不蓬勃华茂。而那磐石，虽然表面依然完整，内里已是四分五裂了。

刚以制柔，柔也克刚。刚柔不济，五劳七伤！

6 曲阜行

曲阜，不只是孔子的故乡，更是鲁国的故都。但先国的遗物早已荡然无存，不要说城堞宫阙，就连遗址基石也难寻得。如今的少吴陵周公庙，只是宋代以后人们的追忆。一方鲁壁新崭崭的，更是清代以后的事情，又哪里能藏匿五经之书。

今天的曲阜，只是孔子的天下。偌大的孔庙孔府，几乎充满小小曲阜城。何况还有圣道、瓮城、洙水河、阙里街那么多的圣迹，更不用说那占地数千亩、数倍于曲阜城，号称"林深五月寒"的孔林。整整一个曲阜城，只是"至圣先师大成文宣王"的圣地，只是君临中国两千年儒教的圣城。可瞻可览的，惟孔子与儒教硕大无朋、无所不在的身影。

汽车走在鲁中南平原上，满眼都是庄稼、田野和村庄，是弥漫的田园素朴。可忽然，就有一簇金光闪闪的宫殿大顶子，升起在庄田之上，莫非乡下也有宫殿？正是，这是孔庙——是仅次于北京故宫的，中国第二大古建筑群，历代祭祀看着的处所：九进十八间，大成殿比太和殿只矮几砖，大成殿廊下十二幢石雕龙柱，故宫也没有……

下了车，走圣道，路旁是遮蔽天日的千年古柏嵯峨。孔庙前瓮城上，四个大字是"万仞宫墙"，说孔子的学问无可攀援，无人可入。孔庙前石坊，一曰"棂星门"，以天上主文之星，说孔子是人间的主文之圣；二曰"金声玉振"，说孔子所言之声，是金声玉振，是世上人间最贵、最美、最纯的声音。此三者之誉，乃至三孔所有匾额楹联崇奉赞美之词，在中国历史上唯孔子一人得之。

孔庙内古柏蔽日，巨碑参天，乃历代帝王祭孔或重修孔庙时，为称颂孔子功德所立，溢美之词无以复加。大成殿前的杏坛，黄草所苦，庄子曰："夫子游于缁帷之林，坐休乎杏坛之上。弟子读书，孔子弦歌。"是何等美妙情境！大成殿后奎文阁，与故宫文华阁大小相似，意义相同，乃藏书楼。奎文者，天上文星；文华者，文之华采，毕竟又不一样了。

孔林名曰"至圣林"，占地三千亩，遍植天下树木，遮天蔽日，盛暑阴凉。林前神道巨大汉白玉牌坊，精工雕刻，上书"万古长春"。言孔子之学，儒教之道万古长春。孔林中树木采自全国，天下之木无所不备，乃"泽被天下，四海奉之"之意。

孔府，是孔子直系子孙、世袭"衍圣公"的家，名曰"圣府"。府里第一进院落设公堂与六厅，乃朝廷之外唯一，以示皇家恩宠。公堂唯官府可设，代表国家审理案件，朝廷惟准孔家设立公堂，乃尊孔子之圣，推圣人至高。六厅即朝廷六部，王公贵族也不敢，孔府六厅执掌官皆为六品，府中侍奉官则高达三品。孔府之贵，兖州曲阜两级长官到任，皆须先拜孔府。

孔府更有天下唯一殊荣：得留存历代服饰。历代改朝换代必先易服帜，留存者枭首，唯孔府可以：因为圣人是唯一的，历代相传，并无改换。因此，历代圣人穿过的服饰，都可以留存下来。

看完无处不在的至圣、至高。与唯一，且均为帝王封赐。不禁要想：帝王与圣人究竟谁大？帝王是国家的领袖，圣人是帝王所立的精神文化，须为帝王统治国家服务；帝王乃一朝一代之圣，圣人是历朝历代之圣；帝王掌行，圣人掌思；帝王奉圣人，圣人奉帝王。如此而已。

7 沂蒙曲

在沂蒙山温厚的山水田园之间，一位山村姑娘正站在山坡上放声歌唱："人人那个都说——，沂蒙山好——！"那浓浓的乡音，那动人心弦的沂蒙小调，让你的心也醉了。

这是一块朴实浑厚、水清树绿、天蓝山高的古老土地。这片土地，把中国传统的文化，以齐鲁文化为代表的孔孟文化，全都溶化在了这里。她漫漫无边、点点滴滴渗透了每一寸土地、融进了每一缕流水、每一份血液，也弥漫在全体空气之中。这样的文化表露，不是北京曲阜徽州的古代建筑，不是古董文物，更不是中国功夫。

恰恰相反。她所积淀的中国正统文化，是那文化的根本，是他的内在，流淌在沂蒙乡村百姓的血液里，表现在他们年复一年的日子中。这样的文化，已经成为这里百姓整体的意识形态，化在他们的语言中、化在他们的喜怒哀乐和一笑一颦中，更无论举止行为、待人接物、房屋宅舍、器具用物、服饰打扮，等等一切之中。

你看看那些石墙土墙、草屋栅栏、割草拾柴、牛羊鸡鸭；看看那些红袄绿裤、虎头鞋帽、红辣椒黄玉米；看看麦秸垛老槐树、娶媳妇嫁闺女、串门子走亲戚、老棉袄石窝窝、艾蒿绳烟锅锅；再看看他们的乡里往返、同宗本家、母慈父严、妇道本分；还有循着大自然规律的日出作，日入息；凿井饮，耕田食……你莫非不能感受温柔敦厚的中国文化？

研究中国传统文化与民俗的学者喜欢到沂蒙山来，鹰隼碧眼的老外也喜欢到沂蒙山来，如今的城市人也到沂蒙山来了。山间地头到处走走，坐回土炕，吃个煎饼，看看锄镰镢锨、石磨石碾；看看那些挂在墙上的黄玉米红辣椒，和黑棉袄黑棉裤的老头儿聊聊天，和红棉袄绿棉裤的大闺女小媳妇拉拉呱儿……

那就是一番新鲜，一番厚道，一番洗礼。可"凡人难问神仙事"，这短短的感受，离着孔孟文化在她心里的渗透、血里的流淌还远呢！

在沂蒙山中洁净的公路上穿行，弯来弯去，爬上爬下。过了一座山，又是一座山，不知何时才能出去。那高高的蒙山真是安静，时而挺拔，时而丰厚，时而葱郁，时而疏朗。那长长的沂水多么温情，或细流脉脉，或坦荡豁朗，或委婉温存，或热情直率……

忽然，就有几个小丫头子，从山沟爬上公路来。细小的胳膊挎着大大的草篮，直直地站在路边，一双大眼睛怔怔地看汽车飞驰而过。或者是一位老人，抱着羊鞭在近处的山坡上，身前身后白石绿树间，白的、黑的、黄的、花的羊儿们，低头吃草，昂头看你。或者还有光着脊梁挽着裤腿的汉子，推着千把斤石头的独轮车正在上坡，身子弓着，腿脚蹬着，脖子伸着，满头的青筋，一身的汗水，胳膊腿上的肌肉像石头，像铁。或者有年轻姑娘三五做伴，骑在自行车上嘻嘻哈哈说笑着，一闪而过。还有一个红红的小媳妇，挎着红红篮子，坐在车子上，笑吟吟地与丈夫走娘家去……

绿墩墩的村庄，一言不发地蹲在山坳里，闪着她的红瓦白墙。你要是想到老乡家去，那就得下大路上小路，翻过沟坎，蹚过小河，踏着石头和黄土走老远才行，然后走进他们的大门，看看他们的院子和日子，再坐到那厚墩墩的炕头上，沏一壶浓浓的大叶子茶，卷一袋呛人的旱烟，再倒一碗薯干酒……

这滋味，这心情！这样的淳朴真诚、温暖热情！无论走多少路、过多少岭也值！

沂蒙多杂树，少松柏。"龟蒙，龟蒙，遂荒大东！"

8 峄山辞

鲁南邹城有孟子庙、亚圣公府和亚圣林。形制似"至圣"，规模也小得多了。

儒家以"孔孟"为宗，其思想旨归大多出自孔子。孟子则是她的理想主义者。孟子有一身英俊之气，文章浩然蓊郁，蓬勃葱茏，一派大丈夫气象。孟子以其横溢的才华与雄辩，壮大充实也丰富厚重了孔子的学说，孔子是骨骼精炼，孟子则是筋肉丰满。而后代的大儒们，不过阐释注疏、分支细化、讲说宣扬而已。至于程朱，则完全是另一种样式了。

邹城之南有峄山，峄山之上有怪石。峄山是个小山，高也不高，大也不大，孤独似龟山，却又平散得很。孔子云："登泰山而小天下，登峄山而小鲁。"

鲁南本无大山，峄山也许原来很高，在鲁国也算不小，但如今真的不高了。但孔子创设的经世治国之道、求知处世之学，却绝无偏窄之嫌。恰恰是广博深厚，可以覆盖天下，堪称"小鲁"，也堪称"小天下"。

峄山上怪石遍及，裸露唐突，既不壮大，也不含蓄，更不合宜。不光不美，甚至不是能"以丑为美"的丑。就那么乱七八糟地待着，龇牙咧嘴，好歹不知，像是个废品收购站，让人看了不知该说什么。山顶上有山洞，山洞不大，里边却能住道士。洞口勉强直立出入，洞室容人直立处也逼窄局促，内里供着祖师，其余安置桌榻。如此山洞，在并不宽阔的山顶上比肩接踵，且一洞一派，各供各的祖师，各做各的生意。

如此景致还是头一回见，看过以后，觉得心里别别扭扭、疙疙瘩瘩。自古"深山道士"，隐而不显，素来所尚。而这里人声鼎沸，热闹非常，道士云集，当是为算卦看命挣钱的吧？峄山是名山，可到底名在哪儿？

9 大汶口颂

在大汶口一望无际的麦田里，能找到一块普通的地名碑，上刻：大汶口文化遗址。那普通让你不信：这就是那鼎鼎大名、祖先五千年前在这里生活、创造了灿烂的新石器文化与文明的地方？如今，怎么只有一片漫漫麦田，黄黄麦浪？

正是在这儿。我们勤劳智慧的祖先，制作了锋利应手的工具，渔猎种植，饮食服衣。于是才有了丰衣足食，安稳生息，健康繁衍。还有那些美丽的彩陶，多么细腻，多么美妙，多么神奇！令后人叹为观止，赞叹永远！

就是在这儿，他们走了，无声无息地走了，却给我们留下了无比珍贵伟大的财富。他们静静地走了，没有一点遗憾，让我们承继这些财富，壮大了人类的群体。但我们并没有给他们留下一个家，一个小小的家，哪怕是一个最小最小的村落，让她所生养的我们去看望她……

没有。一丁点也没有。只有这一望无际的麦浪，或麦浪收割后的土地。既然如此，他们为什么没有遗憾，为什么没有挂念，也没有一句批评和指责？

大汶口颂！大汶口颂。

鲁地十八拍，纵有多少十八拍，也难说清这片鲁地。难说清泱泱中国那温柔敦厚的文化，难说清中国知识分子的性情与命运，难说清这个文化之下，一代又一代中国人。

我独居深山

离城一百多里，横亘着一脉大山。山高山厚山深，树浓草密人稀。书包里塞沓稿纸几本书，出笼鸟儿般飞出城去，急奔那山。灰色楼房一点点减少，蓝天绿树一点点增多，心里才舒坦起来。

山里的夜黑，门与门之间走动也得扶着墙。山里的太阳起来晚，落下早，一夜睡得那么足，窗外还是初起的朝阳。三面都是大山，浓翠欲滴，没有边际。一条宽阔山溪争流而下，终日豁朗，在静谧山间唱美丽的歌儿。

浓郁的绿覆满了山谷，高处矮处，前后左右，触目都是绿，浓得分也分不开。把山石掩了，把村落人家掩了，偶尔露出半檐一角红瓦白墙，山就活了，摇曳可爱。

紧傍着溪是上山的路，随山势婉转俯仰，随溪水而逶迤。溪水边，农舍高低远近，悠然如画。引人入胜的是通向农舍的小径：或树下隐着，伸进去是幽幽的荫；或石阶上去，森森大树在高处，一架藤萝刚好挂在门楣；或门前小桥流水，其上浓荫蔽日，荫下石墙柴扉；或拾级而下，在园圃间蜿蜒……

如此一步一景，变化万千，只依山势，只随水转。不过是石墙草舍，柴扉石磨，却无处不是画，无声不是歌，比城里豪宅别墅不知好了多少，天真了多少！人工怎及万一？

居处就在水边，对面便是青山，触目都是树绿。主人熬了南瓜，咸鸭蛋，花生米，黄澄澄棒子面煎饼，香喷喷小米稀饭："庄稼饭，怕吃不惯吧？""吃得惯，吃得惯！"我忙不迭地应承。许是"人过四十天过晌"？没了豪气激昂，不爱奢华虚荣。奢华虚荣自来与我无关，豪气激昂即使老去也当依然，"不惑"而已 。

许是四十不惑，才真正懂得什么是"功名利禄，过眼烟云"，于是爱了淡泊，爱了素朴。明白惟这些才是真，才是善，才是美。"返回天然"追寻已久，莫非必过四十才能真的返回？明白"归真返朴"才是生命本真，也恍然大悟：我们原本不需这么多鸡鸭鱼肉！

四十初度，方才知道人生是什么，不是什么；人到底需要什么，拟或根本不需要什么。要快乐要健康，要读书要思想，要淡泊要放下，要一颗宽阔轻松的心，功名利禄全都不要！人生不过百年，"身为天下"，凡伤身者务去之。功名利禄伤人，城市楼房伤人，繁华热闹，污水烟尘伤人。在这个世上，也许山里还干净，溪水空气干净，茅庐草舍干净，南瓜豆角干净，石径小路、青草绿树都干净。

三间轩敞瓦房春天刚盖好，崭新房梁上，"上梁大吉""新宅大喜"红帖还新鲜。一套大漆八仙桌椅正在北窗下，一张木榻靠南窗，几净窗明。窗外绿草微微，松涛阵阵，白日读书写作，夜晚酣然大睡。正值盛夏酷暑，窗外进来的风是凉的。樱桃树遮去半个窗，树下绿草中白石隐露，半幅蓝天一角山峰，云雾总在山尖飘荡。风儿微拂，草儿树儿便浅吟低唱，风大一点，半山松涛也汩汩而来，只一方后窗就美不胜收。桌上一壶茶，床上一本书，案上一宣纸，随意翻翻，随手画画。夜晚听溪声潺潺泪泪，也便是神仙了。

虽言独居，却无寂寞。有青山可亲，绿树可荫，溪水可濯，田土可依。朝夕山水流连，晨昏徜徉田园，三餐淡饭一书桌，便也足矣。那乌红桌椅让人喜欢，槐木做腿做撑，核桃细木做面，铁打铜铸般沉重，遍遍打磨遍遍上漆，那拙朴实在正是这山。

山中溪水天生就能洁身去污，盛夏暑热，溪中洗浴最是清爽美妙。洗浴回来，身上暑热全无，正好读书做事。刚觉得肚子饿，主人便来唤吃饭，炖得烂烂的山豆角，花椒黄瓜姜咸菜，一叠煎饼一碗面，吃得狼吞虎咽。——山里的饭食，山里的人，都像这大山。

乡间生活还循着自然的法则，日出而作，日入而息，早饭总到八九点才吃。天明即起，男人在地里干活儿，女人在家照料孩子，烧水做饭，收拾屋子扫天井；男人干活回来，一家人才吃早饭，蒸馒头熬稀饭炒菜，正儿八经。晌午饭又到了一两点，上午各自干活儿，家来时候不一样，早晨蒸下的馍馍炒下的菜，谁饿了谁吃。夜饭必至天黑后，落了太阳收了工，喂猪喂羊喂鸭，扫净天井就上黑影了；庄稼人得把白天彻底用完，才舍得坐下吃这顿饭。

从天明到天黑，从睁开眼到看不见，庄稼人舍不得一点时光。吃饭是为了劳作，而劳作又是为了吃饭，终此一生，便是老百姓的日子。又何尝不是人类最本真的日子？城里人白日奔波劳碌，夜晚花天酒地，太阳正中才起，可否想过天时与人的关系？

山中的夜晚，是一天中的节日。完成一天的劳作，终于可以歇息，可以坐下喝酒聊天，享受劳动，享受生活。当院安下"地八仙"，放下酒壶酒碗，沏上大叶子茶。正好喝透茶，菜也好了，荷香炒鸡蛋、清水炖豆腐、五香煮花生，黄瓜豆角辣椒鲜姜花椒腌咸菜。瞧瞧这菜，这天井，这大山，能不舒心？能不想喝酒？豪华酒楼五星饭店算什么！山风徐来，林木的清香也幽幽而来，虫儿在草丛里歌唱，溪流在身边鸣响，酒斟满碗："喝一碗，兄弟！"直到万籁俱寂，直到月上中天。

早饭后，背了画夹上山去，画几幅写生，与农夫野老树下聊天。午饭后大睡，不论早晚只管睡足，起来正是"偶然睡醒抹破纸"的精神，一个下午便有不错成绩。夜深人静时写作，时钟跑得也快，不一会儿就凌晨一点。

独居深山，却无孤独。

与这大山在一起，总是丰富充满，生机无限，有如深山：雄健挺拔，沟壑纵横，溪谷悬崖，密林古树。我的心住在那里，在心灵中生活，也像山中景致：没有重复，妙趣横生，快乐每在。不需割断尘缘，只管喜欢大山，只管喜欢山里人。与他们在一起，我得到了自然，也得到了世间的美好。我的大山和我的心，是我快乐的家园，是我最好的朋友。

独居深山，我只干净，绝无寂寞。

大哉龟山

在泰山与沂蒙牵着手的地方，是一派漫漫的丘陵。村庄静静的，一簇一簇，绿墩墩地点在岭窝里，一言不发。那著名又失意的龟山，就在这些寂寞山村之间。

《诗经》里说："鲁有龟蒙，遂荒大东。"从这里再往东，就是荒远寂寥的东天东海东土了。这是座不大的山，方圆不过十几里，高不过百余米，东南西北不与人邻。山上草木薄薄，异石裸露。很是孤独。

这龟山，真是个龟的模样，四足微伸，欲行却止；龟首稍昂，龟尾紧缩，一副朴实憨厚模样。最是那微微拱起的龟背，惟妙惟肖，栩栩有生气。仿佛那里有一个健壮的生命，时时都期望鼓动起来！

就是这样一座平凡又孤单的小山，却在两千多年前，因孔子的一曲《龟山操》而声名大噪。此后，因它所象征的某种文士的品格，而久久留存在中国古代思想史上。

清乾隆朝内阁大学士、大学者沈德潜的名著《古诗源》中，载有《龟山操》的原文，其序注曰："季桓子受齐人女乐，孔子欲谏不得，退而望鲁之龟山而作歌，寓季氏之蔽鲁也。"诗操曰："予欲望鲁兮，龟山蔽之。手无斧柯兮，奈龟山何！"大意是说：我要看到鲁国的清明大道啊，却被季氏的腐败污秽遮蔽。手里没有权柄利刃呀，能这把祸国殃民的奸佞怎么办！这是中国的第一首操体诗歌，和琴而唱。而它的寓意与思想，也成了此后《龟山操》歌体的固定内容。

时过一千多年后，唐代那位"文起八代之衰"的古文运动领袖、又在朝廷做着大官的韩愈，也作了一首《龟山操》，与圣人的那首不仅同题同体，且毫无二致地同义！只文辞更加生动丰赡，其操歌曰："龟山之气兮，不能云雨；龟山之枘兮，不中梁柱；龟山之大兮，祇以奄鲁；知将堕兮，哀莫予吾！周公有鬼兮，嗟予归辅！"声声哀叹着作为人臣的知识分子，空有悲天悯人、匡扶社稷的志向才华，而全然无能为力的悲哀。歌中说："龟山的气啊，根本不能积云降雨。龟山上的小小灌木呀，怎能为梁做柱？龟山那一点点小啊，不过在鲁国才算个山。良知与清明堕落了呀，我的悲哀太深太重！圣明周公如果有灵啊，定会惋惜我们这忠贞不贰的辅弼！"中国古代知识分子的满腔赤诚，惟苍天可鉴！

龟山，实在是太小。既不高耸壮阔绵延重叠，也无沟壑纵横树木参天。可它独立在漫漫丘陵之间，也确实显得很高大很突兀，颇有些雄傲。既然突兀于四面，又毫无遮掩，风剥雨蚀自然也首当其冲；不必说八面来风十方走雨，即使些小风雨，也躲避不得；些小心事，也藏匿不住！山上那薄薄弱弱的草木，虽然中不得梁柱（只能当柴火），可千百年来，也被砍伐过无数次！伐了再长，长了又伐，虽树木总不茂郁葱茏，却也终不见少，杀伐而不绝！那山势，终不见高，却也终不见矮！

——这，就是龟山！这，就是龟山的指代和意义！

龟山虽小，景致却好，多有奇石奇景。自龟尾循小径，悠然而上，但见石牛沉稳地卧着，石菇亭亭地立着；"石屋"深不可测，"石门"疾走山风；大小"天梯"，巨石相叠，几似人为，而实乃天工！最令人惊奇的，还是那龟首：巨石从山体而出，那曲线酷似龟之下颚，能工巧匠也难做出！那龟舌更是惊人：自龟颚之上，凭空横出；宽约六尺，长可丈五；你抖抖地攀缘上去，左右顾盼，只在半空之中！瑟瑟地坐定，不敢稍动，唯恐惊动了它的灵异，颤抖一下，便要把小命丢下山去！

据当地老乡说，此石乃龟山之灵物。遇有大风或特异之事，便豁然作响，山下村庄也听得清楚。初闻以为妄谈，坐到石上，方才信然！这龟山，真是有生命的么？

又据《春秋左氏传》载："齐人来归龟阴田。"龟山之北的宫里、果都、天宝、徂阳，乃万亩良田，号称"粮仓"。这里，正是当时齐鲁会盟之处。又，李白居徂徕时，其《寄儿》诗中也说："吾家居东鲁，谁种龟阴田。"由此可见，此番田土与龟山在历史上的盛名。

龟山其小兮？龟山其大兮？曳泰山而佑沂蒙！

雪雨墨石

惟这一天的墨石山，才是真正的墨石。那盆景般的山，那熟悉的小路，尽在纷纷扬扬的雨雪之中，若有若无。天那么低矮，站定了四面张望，有些惶惑："那高的可是新甫山？"就在屋后，就在眼前，墨色淋漓。"那不就是墨石山么！"人说。细看，正是墨石高处。

本来一座不大的山，高处的树石也清晰历历，可拾可掇。绝不高雄，绝不深远，信步而上，不过半个时辰便可至顶。然后一路看盆景般圆石小松，绿树葱茏，一会儿就下得山来，在山坡茅亭中歇歇脚，炖上一只老母鸡。一边喝杯啤酒，一边悠然看青山起伏，松柏疏密，一水荡漾，田园依依……也是一番盎然的田园风光！

这一天真的是大不同。季节还在农历九月里（九月二十六），居然就有如此狂暴的雨雪！雪片大似茶盏，飘飘洒洒，纷扬而落，却落地即融。虽落地即融，却还是那般纷扬地下，涵浑了房屋树木，涵浑了道路田畴，也涵浑了天空与山麓。

"地温还很高呢！"同车的人说。又据中央气象台报：11 月 8 日，立冬第二天，长沙雷声滚滚。11 月 9 日，北京雷声阵阵！

中国有一首古老的情歌，名曰《上邪》，其歌唱道："上邪（天啊）！我欲与君相知，长命无绝衰。山无陵，江水为竭，冬雷震震夏雨雪，天地合，乃敢与君绝！"这当然是说海不会枯、石不会烂，冬天不会打雷、夏天也不会下雪。成语"海枯石烂"，典出于此；而戏剧《窦娥冤》：为合窦娥之冤，盛夏六月天降鹅毛大雪，正是上天的不平。

如今秋日，居然也落如此大雪！如今冬日，居然就有"冬雷震震"！自然规律之大悖，岂不令人心生畏惧？

如果不是这般天气，也终难成这真实不虚的墨石。现在好了，整个的一座山，尽被墨色染了。又好似将整个山在墨的水中托过，原本清晰的线条与浓淡，全都模糊了。一派模糊，一派墨色，一派淋漓，一派浑朦。

窗外，棉絮般的雪花还在劲飘。屋里却一派春意盎然，新朋老友推杯换盏，谈新叙旧，妙语连珠。如此，也不能不感谢这场雪。

早晨，气温骤降。九点来钟，雪花就飘了起来。雨丝一落，雪花一飘，文人的心便不能安静，白乐天那"红泥小火炉"是何等魅惑人心，怎能无动于衷？赶紧！赶紧给那位文采倜傥的朋友打电话："晚来将欲雪，能饮一杯无？"那边就是一通会心的大笑："怎能错过！墨石山如何？"

善哉！小城周边，还有哪一处更合适这般心境光景？有山有水，有雨有雪，有朋有酒，依偎在小小山坳间，温酒相对，畅叙牵挂友情，纵论艺术人生，又何不乐哉！

人生之乐，莫过于此！据说，那位堪称"此间唯一可与高论"的朋友，因高兴过甚，席间曾有言过之辞，过后尚带歉疚。但愚以为：如此光景，纵稍有瑕隙，不仅不能掩瑜，或者更能成其异趣！

席散了，雪花还在飘。汽车驶出墨石山，一切又归于俗。然车上人的兴致，却丝毫不能止歇。唯有憾事：平日墨石山食客不少，这天风光如此难得，却空空如也。莫非不知"大俗大雅，大雅大俗"之义乎！

此地有大山：宽厚是徂徕，深秀乃新甫，孤寂有龟山，削立当青云。亦有阔水诸方：北金斗，南光明，东青云，西天宝。也不乏古迹寺观：白马寺在南，光化寺在北、正觉寺在中、隐仙观在西、三官庙在东，皆悠悠千年矣！然能集山、水、寺于一身者，不过峿山。

时值薄秋，身心初爽，朋友邀往峿山小住。出城往南，渐近丘陵时，公路忽陡转而上。但见林木苍翠，依山而浓；石墙草舍，鳞次栉比；路转峰回时，一方碧水正在山下路边；那山，就直落在路边，伸进了水里。

那绿水，静静地停在两山之间，虽不浩渺，却是清秀，如青山梳妆的圆圆明镜，长短大小正正好。东山铺满了绿色，绿的影就落在了水里；西山高高地站着，骄傲地挺着胸脯。那水，并不与你说话，只轻轻荡漾着，像个小家碧玉，明明知道她的可爱。这时，一叶小舟从远处翩翩而来，在绿色的水面上划出一条白色的线，仿佛那静静的图画在同你悄悄说话。

绿水，落在了路下；青山，却落在了路上。

那山虽不高大，是脚下的路，让他显得十分突然。峭立石阶陡陡地一直向上，直至山门方休。进了山门，情景迥然大变，只见古柏森然，浓荫满地，又是一番天地！柏荫幽深如洞，凉意袭人；山坡绿草如茵，层层深远；远远树梢上，一角碧瓦红墙正在濛濛的山气之中，宛如云间琼楼玉宇！此情此景，若有一方石碣正在路旁，曰"小洞天"，岂不妙哉？

柏林中一仿古院落，名曰"仙客居"，也恰如其分。我们便在此下榻，十天时光，晨起逛山，日暮近水；寺院清幽，古泉甘洌；古柏幽幽中，作林下清谈，又何不乐哉！

那角碧瓦红墙，正是遐迩闻名的龙女庙。据乾隆所修县志载："峄山龙女庙，每逢重九庙会，方圆百里赴之。人流如潮，香火鼎盛。"寺院不大，却很是周正，其格局式样大方得体，全无匠气。山门、两厢、前龛、后殿，安排营造落落大方。古人谓之："庙貌依岩曲，恩威自昔传。交加多古木，澄澈一清泉。地有神龙隐，时无雨泽愆。乡民得恩惠，祭祷在诚虔。"如此描绘评价，你说好是不好？

此庙最可看者，莫过"龙泉"，其泉水清冽，砌筑朴实而温馨。泉水深深在下，青石砌成石阶，汲水人拾阶婉转而下，以取其水。阶下石刻镌《龙泉》二字，几株青翠绞股蓝，蔓蔓地垂在泉壁上，一派生机盎然！与泉相对处，空着也罢，却又置一佛龛。小小青瓦白墙，素朴安然，正好与龙泉的质朴相和。殿前植银杏二株，亭亭玉立，绿叶扶疏，意趣盎然。

庙前的两通碑刻，是龙女庙的点睛之笔。一通是欧阳中石的"传奇遗馨"，说的是此庙来自龙女柳毅的传奇。自古题名山大川者易，题偏僻之所者难，名声宏大者，尽可随意挥洒，信手拈来；此地偏僻，拟文便需切到，学问不及则难得做好。此题切中要害，并无牵强渲染，实得题咏之要。

一通李铎所书"龙"碑，则点石成金。山中写"龙"原本不妥，但"龙女"无妨这般押题。而让"龙"居于山中，又不受挑剔，并非易事。古人有云："看似艰深却容易。"李铎为避此险阻，题了小诗两句："蛟龙无定窟，黄鹄摩青天。"这一题非同小可，不仅让那"龙"妥帖得当，而且适得其所！"蛟龙无定窟"，山中亦可居；金瓦似黄鹄，何不摩青天？李铎先生用他的智慧，用神来之笔，把这个"龙"说得多漂亮！

山无水不灵，水无山不秀。水无龙不灵，山无仙不名。峙山有水有山。有"龙"，有"仙"，虽居一隅，胡为不名乎？

幽幽灵岩

如果煌煌泰山的正面称富丽堂皇；他的背面则相反：幽深静谧。如果南面而坐的泰山是冠冕帝王，他的背面则是一位布衣隐者。清代学者王士祯说："灵岩，乃泰山之背最幽绝处。游泰山而不至灵岩，不成游也。"

但凡世间一切伟大的人或事，必定丰富深厚、博大精深、集诸多极致于一身；有如泰山雄厚深远、千变万化、难以穷尽，方为伟大。而单薄孤陌的"优秀"，则无足道也。

1

自泰山正面，贴着山势西北而行，右手连绵的山势，由挺挺而巍逐渐缓缓势下。山脉将尽时，沿着一条不宽的路向东弯进去，没有多远，山势便忽然夹紧起来。两侧的青峰直往狭窄的路压了下来，古老的松柏浓翠深深，紧紧地拥抱着你。层峦之上，透迤残断的齐长城隐隐可见，虽未如塞上长城雄伟壮阔，然其苍凉旷古、气象邈远，却远远过之。令人不禁想起烽火幽幽，诸侯逐鹿的时代。

再往前走时，山谷愈深，松柏愈厚，王羲之"在山阴道上行，如在梦中游"的话，再也不必费力搜求。直逼而来的苍苍古柏愈夹紧过来，伸手即可触其枝叶，再伸手时便可抚其身躯。都钢铁般的躯体，经千年风雨而沧桑斑驳，却依然健硕蓬勃，老而弥坚！那树干拧成了绳，那枝丫弯成了龙，曲成了虬，枝叶却苍翠如新；高低错落着，百态千姿着，相依相伴牢牢矗立！它们耐着千年的寂寞，不图仕进、不求显达、不问俗务；就这么牢牢地站着，蓬勃地活着；任凭风雨剥蚀，任凭寒暑折磨，任凭俗人评说——依然自信坦然潇洒，依然闲在飘逸风流！一千多年了，它们仍然健康茁壮，仍然如铜铁般结实刚强！

蓦然，一峰古塔于山谷中凌空而出。在绿色涌满的寂静山中，亭亭而傲的高塔，生生映在了碧空之下，突兀夺目！四周屏风般峻峭的山势，将塔愈映得清灵雄健、孤傲幽独。好一个灵岩，究竟是何等幽绝去处？

史料载：此塔名曰"辟支"，始建于宋。塔高五十余米。八角九层，磨砖对缝砌筑，如今千年雨雪风霜过去，依然整肃如新。宋丞相曾有五绝一首说："灵岩山势异，重地景难穷。塔影遮宵汉，钟声落半空。"虽文字短少，却将此塔与灵岩之玄妙，描摹得无以复加。

好一个"异"字，好一个"难穷"！好一个"钟声落半空"！

2

几回幽深婉转，终于才有了开阔，灵岩寺到了。

这是个小小山谷，山势四面围紧了她，壁立山石下正是山门。山门前空场小，被山势紧紧包裹着，东乃峭立之石壁，南则急上之山势，唯适才细路自西而来。东壁上的几方摩崖，时代不同，大小相杂，纵横参差。恰得浓淡相生，虚实相映，错落跌宕之妙。

灵岩之幽深奇异，全因山势造成。此乃泰山之尾，其南正是泰山的最后之势。东北一面峭岩横亘如屏，望之似僧似佛，雄奇神妙，乃"灵岩"之由来。那寺院就倚在灵岩下，在幽深山谷之中，南面而坐。而南面的山势，就一直奔跑来到了山门前。于是这寺便得了深幽，得了奇异，得了险峻。也得了那赫赫美名，兵法曰"置之于死地而后生"也！

寺院中古柏森森，遮天蔽日，酷暑中的幽凉，正是古寺佛法的袅袅香气。殿宇屋舍依了地势的错落，不似平常寺院端正呆板，安置自然，气象也不同凡响。由于背后的高峻山势，寺院自以东西为长，不是南北中轴，也并非棋盘一般。殿堂屋宇便有了高低错落、左右参差、大小不一的参差变化之美，大大与众不同又新颖活泼。

出了大雄宝殿，一座方方正正的殿宇近在眼前，四面皆是五间，回廊宽敞，飞檐玲珑，四檐上龟首高昂。正是号称"天下第一建筑"的五花殿，其创意形制、结构制作、装饰安排，无不独出心裁，与俗异轨，令人十分瞩目。于是想道：何谓"杰出之艺术"？非才华与个性兼备，灿然独异俗物，何谈艺术耳！

著名的千佛殿早已粉刷的金碧辉煌，其庑顶宏阔、出檐深远，檐下斗拱彩绘，檐上四角昂天。廊间八根大柱雄浑井朗，柱础莲座雕龙凤相对，雕工精致，手法活泼，正是唐宋风格。疏朗恢宏的非凡气势，令人叹为观止。

殿前一通石碑，赫然镌刻"海内第一名塑"六个大字。不禁驻足细看，正是梁启超先生那苍老遒劲，又潇洒飘逸的书法。

不错，殿内陈设的正是名扬四海的宋代彩塑。围绕殿堂一周的基座上。供奉着真人大小的八十尊历代高僧彩塑，或端坐俨然，或低头沉思；或高台说法，或执卷读书；或纵目远眺，或谈笑风生；或烹茶煮茗，或抚琴歌吟……虽是佛祖高僧，却全无拘泥，仪态活泼，服饰肆意一如常人，直似生活中的布衣老者！他们衣裙飘逸，丝缕可见；眉目传神，精神矍铄；性情各异，情态万千；又哪里有丝毫凛然呆板之嫌？真不愧海内第一名塑焉！

塑造如此丰富的人物性格、朴实动人的佛祖高僧，绝非技艺可至，乃艺术之超群绝伦也。这些艺术家绝非凡夫俗子，并没有将佛祖高僧塑造成神灵，而将高僧们还原为有血有肉、有情有义，不乏喜怒哀乐的人！古往今来，大凡真正的高人、真正的高僧、真正的艺术家，无不是平易近人者，他们不必故作高深，因为他们本已高深；更不必装腔作势，因为他们已丰厚无比！他们是神，但他们也是人；他们是人，但他们已成神！他们既有佛心，亦有人性；十分伟大，也十分平凡。如此，才是真正的伟人；如此，才是真正的大师；如此，才是绝无仅有；才是"佛之所佛"！

3

灵岩寺之声名显赫，正在于她聚集了众多的独一无二，众多的奇异与妙绝。虽占地不多，且地处偏远，但她的不同凡响能人所不能，也堪称"四大名刹"而无愧。

自千佛殿出西墙角门，循小径而行，是一面青翠的山。山谷中，半山间，一片不算宽阔的空地上，古柏葱茏，郁郁苍苍。柏树的浓荫中，但见一座座肃穆古拙的佛塔参差其间，便是那著名的灵岩塔林。这是我国现存规模最大，保存最为完整的两座墓塔林之一。佛塔大多以白石雕凿建造，高低不等，巧拙各异。它们或圆或方，或简或繁；或壮硕，或清秀。年深日久的石面多已斑驳，留存着千百年的风蚀雨迹，愈显得沉厚静寂。虽有些苍老，却依然光彩照人。

塔下的高僧们，已历经了千百年静寂。想他们在世时，为佛、为人、为世，经受了不知多少寂寞孤独；为此投入了整个生命，付出了无数真心智慧，以求救人、救世。如今，他们只是静寂着，用冰冷苍老的石头，仍然向世人宣示着佛的精神……此时此地，日朗风清，裙裙缤纷，众生芸芸。可谁又能知佛心之万一？

举头再瞻佛塔，低头默默离开。

西院有一方"印泉茶社"，清朗可爱。茶社之北，一面阴阴而黛的苍苍石壁上，有古树自石罅间生出，枝干有如青铁，如龙似虬；枝叶却嫩绿葱茏，新鲜欲滴。却不知，不知你千百年来，如何从石壁中取食取水，生生不息，还强壮了起来？

据《封氏见闻录·饮茶》载：南人自古饮茶，北方却少。唐开元年间，灵岩寺禅师宣讲禅宗，使学禅人少饮食少睡眠，但可多饮茶。于是僧众携茶持壶，日日往印泉取水煮饮之。此风一起，不仅寺观，世俗中人亦争相仿效，且蔓而延之。自邹鲁而齐济，而河南、而河北，后直至京师，无论道俗朝野，皆以饮茶为乐。都邑中大开茶庄茶社，卖茶鬻茗，饮茶之风遂遍及北地。而此"印泉"，正是北方饮茶风气之始。

坐在古柏浓荫下的石桌前，见树影斑驳，酌清茶细品；看碧瓦红墙参差，听诵经之声隐隐；李白《题灵岩清泉》诗也油然而来："萧然松树下，何异清凉山。花将色不染，水与心俱闲。"

呜呼！好一个"水与心俱闲"！灵岩说至此，只一个"闲"字好哉！

晚秋山水

秋深了，叶已落尽。惟尖尖郁郁的柏，还黑绿黑绿地侍列着，山峦无语。

忽有惊叫："看哪！那树梢上还有几片红叶呢！"果然，近于血红的几片枫叶，正高高挂在细弱的枝梢上。于是有人用力晃呀摇呀，片片红叶终于落下，在干黄的土地上，有如深秋的祭。人们争相拾撷，争相夸耀欣喜，小心藏掖起来。

正是这深秋的祭。

1

所谓红叶谷，本是一荒僻山谷。石灰岩的山没水源，除尖尖瘦瘦的柏和花椒，能耐得此旱，草儿也稀薄。为了商业，聪明人想个办法：将山谷洒满黄栌种子，深秋就成了红色。原本不毛之地，经过声嘶力竭的呐喊，便成声名显赫之"红叶谷"。

《本草纲目》云："黄栌，生商洛山谷，四川界甚有之。叶圆木黄，可染黄色。"这黄栌，不过染料而已。短小稀疏灌木，除了烧火，再无他用。此物耐干旱，有顽强生命力，权称"红叶"，亦可撩人，乃山穷

076

水尽的办法。

那满山黄栌真不好看。"红叶"早已落尽。落叶破败肮脏，铺满山坡，层层厚厚，弥漫山谷。那满眼丛丛毛毛的枯草寒枝，究竟也说不清是何种颜色。想当初，它挂在树上时，料决不似鲜明灿烂的枫叶，不过低劣的"红"罢了。

2

山谷不为甚广，也不狭小，除一面山峰高大些，尽为黄栌山草所复。深秋过后，绿色凋零，山体便裸露着，将平凡赤裸的山，显得干涸悲凉，孤寂寒独。

而这，正是北方的山，仿佛慷慨悲歌之士。看那石壁，那裸露的石壁，看那已裸露到筋骨的石壁，还有什么没有坦白么？人们爱说"开阔胸襟"，如今看看它们，才明白何为开阔胸襟。何止开阔？衣裳也脱净，皮肤肌肉也剥去，只剩下了筋骨。只剩下了肝胆，为你袒示，与你相照！

这就是北方的山，山东的山！

3

景区的营构，似乎不是庸才，倒像是雕琢朽木的高手。

此山无水，全靠下雨，谷中有一阔大水面，乃人工营造。其构思之安排、山水之相映、牌坊之坐落，好像来自京城的北海。那后水的桥，后山的塔，似取法颐和园西堤和玉泉山；水中亭榭曲栏，岸边逶迤小路……那种自然而然的舒朗，仿佛随手拈来，却也恰到好处。

本来一无所用的荒山陌谷，因此一人而得重生，也是它的福分。

一处狭窄冲直的山谷，本难处置，却异想天开：于谷口横生一座古典门栏，画栋雕梁，配了绿琉璃瓦；虽无牌坊门楼之用，却有其功；前置阔大平台、高高台阶，疑似其中有一深宅大院乎？谷中放养许多鸟类，不必深入，即可闻其鸣唱，让你如何顾及谷中的简陋？——短小直露的狭窄山谷，便成了美妙幽深。

朱老庵，于竹篁高树掩映中，幽深迷人。走近一看，儒雅的月洞门内，不过密树纠结，哪里有什么"庵"？这一番苦心委实令人感动：为遮掩山体的浅陋，先置飞檐高挑，再置月门居半，亦以堆石筑阶；密树掩映之下，让你以为其中不知多么幽深奥妙！在这穷乡僻壤，能宜人以竹石、诱人以映带、告人以错落，真是难为他了。

"情人谷"更是难为：一道狭窄夹紧、坎坷难行山谷，来百无一用。却因"情人"二字，引得游人探幽寻胜，不顾丑陋，不舍登高。由此想道：自然本是自然，风景乃由人造，智慧高下而已！

唯"蔓园"是败笔。孤陋山谷，杂草蔓生，蓬蒿四处，朽木何可雕？怕是为了省俭，未施任何修整，只取个名字。仍留蔓蔓荒山一片，真是个名副其实的"蔓园"！

4

直到看见山外的一带碧水，才明白这山与谷的根源。

那水漫阔而长，宁静坦然，淡泊素朴，全无妖媚之态。但她，好像就是要这样的简单平淡，这样的默默无言——不要色彩热闹，不要营造装饰。正是这样一派淡素安宁的水，才是那山的根源，是他生命之所在。若不是她安然淡泊，哪里又有这山苍凉悲壮？"红叶谷"又怎么存在？

正是秋水如仙。

第三辑

平常日子

夫人出差去

她要走了！终于要走了，出差去，半个月！高兴，舒服，庆祝！

如果不是四十岁年纪，不是这灰沉沉、恨叽叽的空气还在屋里洋溢，我一定要从屋里蹦到屋外，高举双臂热烈欢呼："噢！走喽，欢呼啊！高兴啊！"

让这个坏娘们儿快走！让这个暴君快走！从此再没有"驴叫狼嚎"，让俺爷俩松口气，过一天素静日子。从此不再提心吊胆，不再忍气吞声，不再把肚子气得鼓鼓！一天三顿给孩子做饭怕啥？我会做，我爱做！我爱受累，爱忙活！只要听不见她成天叽叽、成天骂人、成天为俩臭铜子惹我生气就行！

你听听每天这叫唤："人家买芹菜一毛八，你买两毛。你孙吗愣吗？你比别人多挣钱？你这个笨蛋！""你眼瞎啊？这是豆腐吗？这是豆腐渣！""挣这么俩钱还想吃菜？咸菜也吃瞎了！"……

如此天天，如此月月，如此年年，无穷也无尽！

所以，只要听见门锁响，我和儿子便悄悄齐声高喊："狼来啦！狼来啦！"她开门进来，我们立刻鸦雀无声，只等着领受"狼叫唤"——毫无缘由，没有边际，只管嚎去骂去。每逢这时，我和儿子都像老鼠见了猫，老老实实各自趴窝，一吭也不敢吭。

叫这个家伙出去换换空气也好，说不准是憋的？

每天除了家里儿子丈夫，就是班上那几个娘们儿，我们家的一切信息，一切价值观都来自她们：谁丈夫当官了，谁家又收礼了，谁做买卖挣钱了；谁家又占便宜了，毛毯石英钟不花钱，还有人请酒；谁家买冰箱了，添彩电洗衣机了……每天回来就这么一通，然后开骂：

"你这个废物！窝囊废！官也当不上，钱也不能挣，整天趴在家里还不如狗屁有味儿！"天天不绝于耳。

80年代中期，原始积累的拜金大潮汹涌滔天，就是这样教育你的。她每天出去受"培训"，回家来好教育我，不怕苦不怕累。哪怕讲得你血压上升、晕头胀脑、昏天黑地。家里那个硝烟弥漫，那个恶浪滚滚，还算个家吗？还叫过日子吗？我都快得肝癌啦！

这回好了，魔鬼终于出发，折磨痛苦终于可以休息。让我歇会儿，歇歇即将崩溃的神经，歇歇即将鼓开的肝脏，即将爆炸的心脏！——瞧这日子过的。

想不到的是：从她开始收拾行装，家里的空气忽然就变了。她不骂人了，说话也温和了不少，这不叫人受宠若惊吗？甚至有点"想当年"的意思！这家伙莫不真是憋出毛病来了？刚松丌套了，就有人样儿了？

买了票，上了车，看她坐在车窗前，我心里居然有点缠绵——这不是贱骨头吗？

更奇怪的是，她走后的一天一夜，我竟然白天黑夜记挂她：走到哪儿啦？头一次一个人出门，别换错了车；别叫小偷把钱偷了，丢了钱怎么办，那时候又没电话；下车能找着地方吗？别让坏人骗了……路上得走好几天，安危不知，这日子怎么过？——瞧我这点出息！

伺候孩子全是我的，上学下学、吃饭睡觉加洗衣裳，日子满满。

原先家务事不需我问，这些都是她。早晨睡懒觉，中午睡午觉，晚上不睡觉，每天只干自己的事。这回重任在肩，生产力全体调动起来：早晨6点哪起过？这回就起！甭人叫，"怦"地一声起来；衣裳穿不齐先把炉子点着，然后锅碗瓢盆熬稀饭熘馒头；踢里踏拉一通忙活，儿子吃完饭打发出门，总得一个钟头。出门时还千叮咛万嘱咐：

"路上小心！过马路千万小心！"

送走儿子胡乱扒拉口饭，抖擞精神，蹬上自行车就去买菜。鱼肉鸡蛋，豆腐虾米，青菜水果；回来一身臭汗顾不得洗换，先剖鱼洗虾择菜切肉；鱼烧了，肉炒了，蛋煎了，豆腐炖了，儿子也敲门了。顿顿做，顿顿吃不完；吃不完也顿顿做，是一份伟大的慈爱事业。

下午闲一会儿还得想儿子：还不到点？还不回来？路上别有什么事？门声一响，赶紧开门放进儿子，一天的操心才算了结——咱哪儿干过这个？晚上给儿子洗了衣裳，打发睡了，才算得闲。

这一闲不要紧，麻烦来了：屋里只剩下一个自己！

轱辘在床上，看窗外的天，看星星一闪一闪。这屋子怎么这么宽阔？这家怎么这么空旷？一个人也算是家么？是少了那个同床异梦的老婆，还是少了恨叽叽的骂声怨声？是少了那快要把我挤扁的强悍，还是少了仇恨的空气？——看来都不是。

为了排遣清冷寂寞，我努力挖掘她平日的坏处，但不管挖多少，它们也强大不起来，凶恶不起来。别说充斥这空旷屋子，堆在屋角儿也不够使！好歹找出一例严重的，只在空气中飘摇了一下，就无影无踪了。反倒是她原先的好处一样样鼓了出来，在黑夜里亮起了片片白云，驻驻地不肯散去。最终，把我的夜晚也变成了白天……

这份感受一出现，我就好恨自己。恨我真是个贱骨头，恨我的心眼儿太好，恨我的好心善良是傻帽儿！然后再恨她：恨她这么轻易就占了便宜，折腾我这么狠，这么苦；她甩手走了，还得劳我用好心去想她！每天少睡好几个钟头觉！

第八天上，信终于来了——是我嘱咐好的。一点文采也没有，只是平平地说：什么时候到的，怎么住的，怎么吃的；怎么办事，几号去庐山，几号回来……如此一张纸，却让我好像得了恩典，乐得在屋里直转圈："儿子怎么还不回来？你妈妈来信了！"

晚上，爷儿俩好好吃了顿饭。有她那封信，想着她的模样，我也好好睡了一觉。

当她提着旅行包进门，爷儿俩脸上都是高兴，好像原来就这样，根本没有过什么仇恨痛苦，没有过气愤烦恼，好像日子一直过得挺好！

然后两人一起做饭，洗衣。她一边干，一边滔滔不绝讲半个月生活：吃得多好，每餐十菜，连海参虾仁都剩下；房间有彩电、地毯、卫生间；怎么去逛庐山，庐山多美丽，多凉快；还给你买了庐山云雾茶，买了景德镇瓷器；还有那五十多岁的科长每晚请她跳舞，接她送她给她买饮料，跳舞时把她搂得紧紧，眼睛色眯眯的……

从她回来以后，我们的家也有了平静。

1990 年 9 月 20 日

我的书房

　　自幼爱着古代文化与文人的情怀，即使到了今天，我自始至终都一定要有属于自己的书房。哪怕远远不够阔大，也不轩敞，还缺少古旧家具与陈设，缺少必备的瓷器古董文玩。

　　1980 年夫人厂里分新房，一家一小院，两间屋子一厨房。院子不大，房也宽敞，里间做卧室，外间便可做书房。当时缺木料，却一心记挂着《子夜》上吴荪甫那"硕大的不锈钢写字台"。好歹托邻居批了半方红松，找木匠：一米宽两米长，把一张不小的写字台做了起来。那黑红的漆色、大气的模样，让人好不欢喜。放在了门口窗下，就有了写作读书正经去处，有了一方心爱天地。

　　春天，窗外小树新芽，桃花含苞。坐在案前看窗外万物勃勃生发，享受我的书桌，感受我的书香。为了爱她们，居然就熬起夜来，一篇数万字海明威研究，一个长篇毕业论文，唯那时能做，此后再也不敢。

　　1985 年市建公司分楼房，虽不宽大，但书房更独立了。有阳台的一间别人做客厅，我做书房，中间顺了大写字台，两架书橱在背后眼前。北端一张桌一对椅，既吃饭又会客。屋子从早到晚都亮堂堂，藤椅在窗下，正好看阳台上的生机：一株凤松一株橘加零星花木，一架葡萄扶疏而下。浓绿就把阳台铺满。

案子宽大，铺了毡子挥毫书画，去了毡子伏案写作。书房美好，心情舒畅，做事快乐，活儿也出得多。几篇像样的散文就是那时出来；手抄了一册《老子》，读的且深且透；《易经》《内经》都在那时起始；进文学创作室做专业创作，是那时；金钱大潮席卷神州，荡涤人心，夫人诋我无能，书房几近废黜——也是那时。

有朋友来访，案前促膝；兄弟相聚，桌上饮酒，杯觥交错，往往就喝得酩酊大醉：李万荣喝得半夜步行 30 里回了老家，害得我和张宝昌阚世美天不亮就把城北沟壑找遍；喝得阚世美从自行车掉下来一点不知道……

既然调动工作，房子不好再住，好歹凑合到 1993 年，又再租住了东关人家。这房子与前大小相似，但楼距小，一楼几无阳光。我虽在阳台一间，情景却大不如前：安上床，写字台就挤到了窗口，椅子险些搁不下。好在金钱正大行其道，书房早在被清除之列，大写字台更不必说。

直到 1999 年儿子单位分房，楼层高，阳光十分充沛，书房也光明起来。我还在阳台一间，还是一桌一床，情景却大不相同了。这张书桌读书写作，后边小间塞下写字台书橱，书法画画。房子在楼顶西头，担心书橱会把楼房压塌，总是查看墙上是否有裂缝。书房有了阳光，外边的空气也缓和了些，书斋之心却不敢存。

只好考个律师，天天办案，天天下饭店。虽也读书写作、绘画书法，却无成绩可记。唯独可记的，是 2003 年在徂徕山隐居下来，每年春去秋来，与山水自然为伴至今。其后的心灵、思想和创作，无不多多受益于此。

后来夫人说：单位又建小区，我们搬到那边去吧？我说我不去，这边靠着河边有树林，污染少空气好。夫人说："那边空气也好，给你的房间做个整面墙的书橱，车库装上玻璃门给你当书房，行不行？""二书"一出，让我怎不动心？夫人儿子儿媳立即买材料装修，再也不理睬我。可搬家收拾东西可得我，搬家公司估看家具定价，几十箱书扛下楼来，才声声叫苦："包漏了！"

卧室大书橱顶天立地，气派雍容，经典书籍在这儿。楼下书房三十平足够宽敞，两架书橱靠北墙，放常用书籍、文玩画轴；两张书案各顺东西墙，案上笔墨纸砚、瓷器卷筒；旧式桌椅各就其位，书橱顶上宣纸，壁上字画；中央茶台紫砂、奇石木墩；罐里有酒，盒里有茶。

这回都有了！爱了一辈子的书房书斋、字画文章、笔墨纸砚都在这儿了！所有的爱都在我眼前、手边、怀抱里！想看什么干什么、用什么玩什么、喝酒品茶聊天……所有好东西都可以随手拈来！我幸福死了，心也醉了！门外就是院子，对面就是绿地。绿地上有树，有花，有草；抬头是蓝天，是新鲜空气：我终于不在笼子里，不必悬在半空囚禁半生。虽然不是自家四合院，不能自成一统，但我也知足！

这一年，我正好六十岁。为什么？莫非六十岁才是我人生的开始？才给我安定，让我不再颠沛流离一如浮萍！莫非这是上天给我的六十慰藉，六十之报？上天啊！我一辈子真诚善良，敬天爱人，未曾伤害过任何人，更没有做过一点坏事，如此锤炼昭示我，究竟是因为什么？

虽满足至极，但我依然懵懂，不明天意深刻之处。

在这如意的书斋里，我虽努力做了不少书画，但并不知晓更多。依然是原先的习惯：春夏秋三季还是住到山上去，春秋逛山，夏日纳凉，溪中沐浴；平日还是四处游走，到处玩耍，像是享受退休的悠闲……

直到2012年秋天，或是走路太多而疾，膝关节不好了，且愈演愈烈。至来年春天几不能成行，痛苦困顿之中，我揣度着天意："给你这么好的书房，为何不好好待在家里？不要再荒废时光，好好在家做你的事情吧！"我得听话了。更严厉的警示不仅是书斋与做事：2014年初夏，二弟因交通事故不幸辞世；几乎同时，急速的衰老与病象也排山倒海而来：头发落净，形容枯槁；四肢百骸无处不痛，五脏六腑无处无疾……这些东西是我此前从没有过的！先是伤心，后是难过，然后害怕：莫非就要离开这世界了？什么还没做，这辈子就完事了？——我开始收拾后事。

琢磨着天意，明白了因果，我只好更改陋习：修正嘴馋贪吃，减少吸烟，也吃了不少中成药……直到最近尘埃才有些落定。在这两年里，我每时每刻都思考着死亡、生命与人生：我毕生一无所求，不要官不要钱不要功名；我只是爱艺术，爱文学，爱世上的美；只爱自由自在、健康快乐，小心看顾着脆弱的生命……为了这，功名利禄一无所有，为何健康也失去？我当然明白"生死有命，富贵在天"，如命已至死，我不必难过，更无须抗拒；如上天许我生命，那是他的厚爱，我须坦然。莫非天意在早早警我？告我衰老的样子，疾病的侵袭，让我早早防范，早早珍惜？珍惜时光，好好待在我的书房里！

我好像有点懂了，知道要听话了：爱你的书房，不再到处乱跑！如此这般做起来，这书房的安逸与充实、快乐与幸福，真是妙不可言！早上起床就下楼，河边稍作溜达，小铺买刚出炉的油酥火烧、热豆腐脑；回来沏茶，斜倚了书桌，望着门外风景，咬一口酥软的火烧，就一点清香辣菜，喝豆腐脑喝茶，惬意美极；吃了饭歇歇精神，随手做些零星事，玩一会儿灵璧紫砂笔筒；精神有了，取一册好书坐在门口悠悠读；吃了午饭下楼，展开竹床静静歇晌；睡醒起来，是一下午悠闲饱满的工作；渴了有茶，饿了有水果点心核桃大枣；馋了还有酒……直到六点关门下班，夜晚又盼明天的书斋。

每天享受这样的惬意，一刻也不愿离开。这才知道感谢上苍，若不是他的厚爱，我或者还在流荡，还在糊涂，还在荒废生命，还在疏离我的所爱！我想把山上的房子退了，一年到头守着她，从早到晚享受她，做我该做的事情，也享受我自幼憧憬却姗姗来迟的幸福。

想曾经的疏离，有时代的隔阻，更有我的命运。如今，上天把她赐还了我，是上苍的慈悲，也是我素来敬畏依赖他的果报。我定会珍惜这份赐予，定会珍惜命中的书房，珍惜小小人生。绝不辜负。

2010 年 11 月 27 日

小病多温馨

"大病不犯，小病不断"是俗话，是经验，或者也是真理。大凡俗话，必经数十代人千锤百炼，才可以颠扑不破地流传下来。

没事的时候得个小病，隔三岔五吃点药，甚至打回针；那些中草药进了肚子，串化全身，也许就会"不治这病治那病"。中草药依经归脉，在经络里，这边用不了也许那边正等着。你自己的身体自己并不知道，它们自己才知道，药进去了，不言不语就给你治好了，才是这小病的好处。

老人常说："人长年累月不生病，有了病就是厉害的，撂倒就死。"这话说得重，却也有道理：一是上述的道理；二是长期"不生病"未必无病，也麻痹了你对健康的关注，对疾病的警惕，积疾至深时已晚。

但不管说得多么天花乱坠、引经据典宣扬小病好处，您还是不愿意生病："打针吃药，难受遭罪，花钱误事，谁愿意生病才怪呢！"一点不错。但我愿意：一年生上一两回小病，感冒发烧，躺在床上的滋味真不错。

开始时当然得受点儿罪；发烧头痛，嗓子疼浑身疼，不想吃饭，浑身没劲，心说："这是怎么了？好好地让我生病！"其实，您可不是

"好好的"了，您早就不好了：为功名为钱财，为女人为升官，日夜操劳，健康状况免疫力如何不下降？凑巧今天外感风寒，就扛不住了，病发出来了。话又说回来：一个天底下沐浴风霜雨雪，人家没病，你怎么病了？说人身虽小，却也是了不起的微妙天地，比大天地一点不简单：同样山川河流、春夏秋冬、阴晴雨雪；同样日出日落、白天黑夜、成败盛衰；同样有国家机器、警察监狱，来保护自己。羸弱处出点小毛病，是给你警示让你小心；到处强大坚硬，轻伤不觉，积攒大了，就会要命了。

与小小病痛同时到来的，是平日难得的温馨与呵护。平常做男人，做丈夫，做父亲，是强大力量的象征：事业生活，支撑家庭、庇护妻儿、担负责任，得有多么累！可当你宣布"我病了"的时候，地位就天翻地覆了：立刻成了弱小，成了被照顾、爱惜、庇护的弱者，终于放下了"男子汉"！平日孤高没有了：只管被妻子照料，围着病榻问寒问暖，问饥问渴……

你大白天就可以舒舒服服、心安理得躺在床上，尽管"吭吭叽叽"张扬病痛，只管无力无能，可怜巴巴。往日不屑于你的妻子，时时围绕身边：摸摸头，摸摸手，掖掖被子，垫垫枕头……用久违的温柔轻声细语问你："好点了吗？""还难受吗？""想吃点什么？""好好睡觉。"……

水端到床前，还加了蜂蜜，甚至尝尝凉热；扶你坐起来，把药片小心放在你舌头上，轻轻喂一口水，再喂一口水；水果削好皮，划成块儿，用小刀挑着送进你嘴里，等你咽了，再喂一块儿；香喷喷鸡蛋羹滴了麻油，鸡汤肉丝面卧了鸡子，黄澄澄小米粥加上糖……端到床头来。如果你不想吃，她就会孩子一样哄你，劝你……

这样的幸福温暖，平日哪里找？就是当一回孩子了！不必再强大，不必再辛苦，只管弱小，只管被人照料疼爱！平常呢？

为了做男子汉大丈夫，有苦有难、有烦恼有忧愁都咽进肚子，自己担。如此日积月累，辛苦劳累，怎么能不生病？这是小病，大病何尝不是这样积攒起来？为何男人平均寿命比女人短？有苦有难有委屈，女人一哭一闹就发散出来，攒不下病；大事都是男人扛着，女人负担就小；男人都担着，都攒着、多了当然就恶发。这回终于病了，就做一回小孩子吧！歇歇劳累，把肚子里的脏东西散出来，让人疼一回，爱一回，喂一回吧！这小病，得有多么温馨！

那回我发烧，烧得皮都疼，看来不挂吊瓶不行，可太太不在家，让我自己去医院？自己挂号看病、拿药打针？那可不行。我病了，我是病人，我需要人照顾，凭什么让我自己去看病？只能吃片阿司匹林先顶着，躺在床上，两眼盯着表等夫人回家。

门响了，我赶紧用被子捂住头。看我躺在被子里，太太问："怎么了？大白天睡觉。"我委屈地咕噜："我生病了！发烧！"

"试表了吗？"她问。我冰冷地说："没有。"凭什么？我病了，不能做事情，怎么能试表？她赶紧拿了体温表，甩干净，放在我腋窝里，我觉得有点舒服了。

"39度，"她没好腔地说，"你怎么光生病！"我更生气，不理她：是我自己愿意生病的？只管合着眼。她说："起来吧，上医院打针去！"我就乖乖地起来，乖乖地跟着她出门。到了医院，我站在一边软软地等着，任她跑来跑去地挂号缴费拿药。吊瓶挂上了，她说："你打着吧。我回家洗上衣服，一会儿来接你。"

我赶紧说："不行，你得在这看着我！"我生病了！她叹了口气："还是小孩子吗？"只好不走，坐在床边眼睁睁看着吊瓶。我就闭上眼睛睡觉，觉得挺舒坦。

青霉素进了血管，第二天烧就退了，但还得打三天针。剩下就是享受小病的温馨了：尽情睡觉，尽情躺着，舒舒服服，再不必顾念做什么事。退了烧也不必起来做事，我病了！什么事也不能做，什么事也不能想了，我是病人！想躺多久就躺多久，想睡多少就睡多少，不论早上晚上；还可以任性地对人说：我想吃什么，我想喝什么，我要什么什么……

最美的是把所有重要事都扔了，管它呢！我病了！哪能管这个？任它去！平时觉得那么重要不办不行，甚至办不好都不行的事，这时觉得全无所谓！哪件事不办不行？哪件事不办都行！不过就是些功名利禄的破东西，我都病了，我还管得那个？——轻松舒服，坦然干净，幸福快乐！

虽暂时难受一会儿，却疏散了你健康的隐忧，修复了你的心灵；还她能洗刷人心里的脏污，让人重归干净，何舍何得，此刻也了了分明。你可以重归天真，重归纯净，看轻了功名，也看清了人生。一次小病，把平时难懂的人生道理变得简单清楚，好像参禅顿悟，给你生活与生命的点化开示。而大病一场，往往是生命的里程碑，会从根本上改变你生活的态度，知晓人生根底，从此完全不同。

享受了温馨，得到了开示，小病痊愈之后，你还是得回到生活中去。还得做你的男子汉，还得扛你的担，还得为妻儿受些累，这是你不可回避的人生责任。如果病中你并没有思想人生，也不能说是白病一回，就算休个礼拜天吧。但无论如何，这小病也称得起是一顿美餐，一个轻松的礼拜天。

1992 年 7 月 16 日

北京的房子

北京的房子，是北京作为几百年京城历史的重要载体，其房屋住宅的规制，是研究当地文化方方面面的首要物质依据。如今有代表性的传统房舍几乎拆完，所剩无几的胡同老宅的商业化，早已失去了她们原本的生态。为了留下一点她们的身影给子孙后代，将我曾经住过或亲戚家或同学家的房子约略记述，算是对古老国都的眷恋。

1 先农坛

1949 年 10 月我出生这里，在东大门南侧一幢二层红砖小楼里，是北平妇产研究所，母亲在那儿工作。小学五年级，我参加了北京青少年业余体校田径队，也是在这里。每逢节假日训练，在偌大的运动场上一圈圈跑，跑得满头大汗，累得气喘吁吁。下了课，教练带去陶然亭游泳池游泳，不必买票，还能在清洁的深水池里。60 年代初，先农坛是北京最好的体育场。

先农坛与天坛对门，在路西。天坛是皇帝祭天的地方，与北城祭祀土地的地坛南北相对，又与先农坛以"上苍"和"庶民"东西相对。先农坛与天坛的规制大小完全一致，"先农"者，帝王体恤民生，弘扬农耕，祈求物阜年丰而"先农而耕"。每年正月初一，皇帝率文武百官在先农坛行"先农"之礼，然后亲自扶犁，就是后来作为体育场的地方。土地之北的殿宇也与天坛一样，是皇帝起坐更衣之所，两庑供百官起坐。帝制废除后，天坛辟为公共园林，名声日隆。先农坛因其大片土地，而作为新中国成立后北京第一座体育场，十年后被工人体育场替代，几近废置。

1965年深秋，我们离开了北京。1966年深秋，又从山东来北京"大串联"，在永定门火车站下车，往东一点就是先农坛，因离车站近又场地阔大，"外地学生来京接待处"就设在这儿。偌大广场上有数以万计"红卫兵"！时值初冬，夜幕来临，冷馁相加，行李中找出所有能烧的东西，燃起一堆堆篝火，偎依取暖。如豆的纸火苦苦飘摇，熄了再点，点着又熄……黑暗中，如点点萤火若隐若现。

在那个年代，在那样的情绪气氛下，只顾得烤火，哪里想到该凭吊一下我的出生地！

2 邱祖胡同

50年代初，西长安街只到西单牌楼，再往西是胡同民居。南北各一条胡同，中间是民房。祖父给我们的小院，就在北面邱祖胡同，距西单只有几十米，我出生不久就搬来了这里。

是不大的一个小四合院，开西北门，两级台阶小门墩。三间北屋，东跨一间耳房，大门所占正是一间西耳房。东西厢房不大，南屋三间也不大，是老北京民居中小康人家的一种。

50年代中期，长安街向西扩至复兴门，这片房子正在长安街正中，自然拆除殆尽。

3 朝阳胡同

邱祖胡同拆除后，我们搬到朝阳胡同亲戚家，借住两间南屋。

这是北京典型的四合院。东大门朝南，宽敞门洞，左拐进月洞门是一溜南屋，外挂西耳房。一道木墙与正院隔开，中间开门，正院北房五间，东西厢房各三间，院子方砖铺地，北屋前一棵浓厚大槐树，把院子遮得十分宁静。人也宁静，住了许久，也难得看见北屋的人在院子里活动。

朝阳胡同在西单西侧，民族文化宫路南。清朝时候，九门以里只住旗人，朝阳胡同在宣武门复兴门以里，这里住的大多官宦人家，宅舍院落、街道胡同规整而洁净。安静的胡同小街，青石板铺路，行人静静，喧嚣几无。两侧多是高大宅院，青砖磨缝，高大门楼下朱漆大门紧闭着，门口石鼓石兽，警惕地望着路人。嵯峨老槐或在院里，或在墙外，古老嶙峋的树干，蓬勃浓厚的枝叶，说着她的古老与生机。

初中一位同学，就住在这样的大宅子里，但不是四合院（四合院多中下等人家）。大门朝东，敦厚威严气派豁朗，门外石兽，门内石鼓；大门洞两壁有砖雕壁挂，迎门木制垂花映背，两侧接着回廊；回廊上楣彩绘描花，往北上房，往南下房；园中池水假山，怪石堆垒，虽不阔大，却布石奇巧高下曲折。园中鹅卵石甬路细细蜿蜒，修竹扶疏，异卉奇花，把园子装点得旖旎盎然。

该是没落贵族或中等官员的府邸。不够王府尺寸，不能院院分置。但匠心并不甜俗，大门影背回廊毫不应付，园子虽小，也安置妥帖别致。雍容的正房五间，在浓荫树下，房前海棠芭蕉丁香，树下琉璃圆桌瓷墩，桌上紫砂茶具。瓷墩上恰巧一把团扇，把一份悠闲情境说得明白。

一定是历史家道变迁更替，隔着一道青砖磨缝小墙，西边还有一个大院子，也是房舍阔大舒朗，古木参天。但那扇门却关着，一直都关着，宅院里始终是空的。看其房屋回廊尺寸规制，这边不过是外院，里边才是正院。其中人情世事沧桑，谁去问津？

4 宣武门外

从朝阳胡同又搬到宣武门外路东第一条小街，紧挨着护城河，叫赶驴市。胡同口正是今天的宣武饭店，往东不远就是和平门外。虽距宣武门不过百米，但也是九门之外；虽也是四合院，但胡同小街，宅院房子比朝阳胡同就远远不如了。除了小街是沥青，胡同斜又弯曲，多是土路，槐树也没有那么高大。

往南是校场口，当时袁世海就住那儿，常常看见上街买菜；再往南是菜市口，张君秋住在东骡马市大街，也常看见。这是两位不小的角儿，可在前清民初，戏子名气再大也住不到九门以里。你听这名：赶驴市、校场口、菜市口，骡马市大街……虽如今已是市中心，那时是些什么地方？

这院子是奶奶的，在路南。从马路直上台阶，一方青砖影背后，是两级台阶的大门。大门里东西门房，外院两间西耳房，进月洞门是正院。东南西北房各三间，东月洞门里又有东耳房，院中一棵大枣树。这是个普通四合院，房院平常，但毕竟是自家的，也稳定了许多。

我在这院子里度过了几乎整个童年。北屋厦子下，用小板凳和雨伞搭小屋过家家；枣儿熟了，爬到树上去幌，听枣儿"踢哩叭啦"落地；"除四害"，从后院老椿树爬上房顶，用绑着笤帚的竹竿轰麻雀，全北京一齐轰，直累得飞不动才"扑拉扑拉"掉下来；过年时飘着鹅毛大雪，奶奶拿出亮锃锃紫铜火锅，红木炭把一圈子汤烧得"咕嘟咕嘟"响，放上丸子肉片、粉条白菜，香甜美味……

更忘不了的是照料我的冀妈。四十来岁，丈夫没了，儿媳不孝顺，便给人帮忙为生。冀妈疼我厉害，为了疼我常与母亲争吵打架。上幼儿园我不愿去，拼命哭得她心里难过，于是领我回家；那点工钱，几乎都给我买了东西吃；冀妈能做一手好抻面，硬面使劲地揉，慢慢地醒，醒好了在面板上"啪啪啪"一个劲摔。她那摔面的劲头，那好吃的面条，我永远忘不了！

晚年时我去看她，在白塔寺后一条胡同里，带了她爱吃的小笼蒸包。看她在床上吃得香，我心疼难过死了！她已不能走路，我又怎么把她带到山东来？她那孙女如狼似虎，不光在窗外监视偷听，居然将我撵了出来……至今，或者说永远，我都愧对我的冀妈！

还有四舅舅，也是极其疼爱我。他那时驻军沧州，每来北京，一定是天天领着我上街游玩，看马戏逛天桥，听戏听曲听相声，跑遍了北京好玩的地方，也吃遍了北京好吃的馆子。每次舅舅走了，我肯定会因为吃的大多而生病一场。我如今的馋嘴贪吃，大概就是来自冀妈和舅舅。

在这个院子里，我见过我的三爷爷、二叔二婶、大姑二姑三姑四姑。此后，再也没有。

想必是由于生计，奶奶先是将南屋卖给了齐家，后来又卖了东厢房，然后又卖西厢房，再后来连西耳房也卖了。我们就只剩下三间正房和两间东耳房。那时的院落不像现在，各家自盖厨房棚子，院子在里路也走不开。虽住家多了，却不是大杂院，各自在家做饭，院子依然整齐干净。

当时的北京没有大杂院，除了外地来京干苦力的，寻些边角搭盖简陋住处，或在城墙根搭盖窝棚。后来，所有的四合院都成了大杂院，混乱肮脏拥挤不堪，整齐干净的四合院不再。

5 余太太家

记得"人民公社"时，糊火柴盒的"公社工厂"占用了我们的院子，只能租房去住了。往东二十米，一座高台阶上去，甲乙丙三个20号，三所宅子都是余太太的。先住乙20号，一所不大的院子，奶奶和小姑住三间东厢房，我们住一间门房十平米，是我所住过的最小房子。

后来搬到甲20号，与余太太住一个院子，两间南耳房比那间门房宽大了许多。

这是一所大房子，虽不是朝阳胡同的花园回廊，气势也不小。本来院子与外边是一样的平地，为抬高门槛升高大门，起了一米多高的台基。门楼高大壮阔，宽阔的门道里左右门房，下了台阶才是院子。院子里方砖铺地，余太太住的南屋也是高高基座，长出檐。余太太儿子儿媳住两间西屋，绿色木影被遮挡。视其高大宽敞的气派，该是富商的宅邸。这只是外院，隔了一道木墙，里边才是正房，但那道门始终是关着的。透过门缝，能看见一所阔大的院子，高大北房，东西厢房，青砖铺地。一直疑惑：自家房子为何只住外院南屋，北屋正房为何一直空闲？

余太太个儿不高，穿得干净整齐，出来进去照料家务。余先生却不出房门，也没有人到这里来过。老头儿高高胖胖，一张长圆大脸光光头，短短花白胡子，总是下视的眼睛里全是冷漠与叵测。虽说南屋，比一般正房高大宽阔许多，但房里总是阴森森的，幽暗沉重的家具像是长在地上，偶尔有微弱的光。窗下台基上，整齐地摆着数十个硕大的蛐蛐罐。

我们搬去不到一年，余先生就去世了。趁着没人，我爬上台基凑在玻璃上，想看他死去的模样，却什么也看不清。那些疑问也被他带走了：正院为什么空着？为什么没有人来？阴暗寂静的大屋，沉默阴沉的老头，阴冷叵测的神情……到底都是为什么？

在这个古老的都市，在这些古旧的房子里，一个家庭或家族，有多少说不清的过去，多少不为人知的历史过去、恩怨得失、爱恨情仇；又有多少生死搏斗、成败穷达！一代又一代，只藏在他们的心里，永远不说！待他们死去，除了无情的房产，一切都带走了。

6 石碑胡同

石碑胡同在新华门对过，东邻人民大会堂。进胡同不远路西，是祖父家的院子。

与中南海紫禁城只隔一条长安街，该是不错的位置，其实不然。满清王公贵族、皇亲国戚的府邸都在长安街以北，紫禁城两侧，直至什刹海一带。清朝满蒙各部都在北方，所以王公贵胄居紫禁城北东西三面，以成皇宫的拱卫之势；又清帝面南统治广大国土，长安街以南便是驻扎禁卫军和八旗官兵的处所，以示帝王君临、兵甲护卫；至前门以外，东单以东，西单以西，才是汉族官员住所；再往外是百姓万民、各行各业。所以，石碑胡同乃禁卫兵营所在，哪里会有正经宅院？

祖父家一溜七间北屋，另三间东屋，西南两面空着，并无规制体统，正是兵营的样子。最热闹是过年时候，七间北房有内门相通，孩子们游戏追逐，从东跑到西，从西跑到东，打呀闹呀，捉迷藏过家家，快乐难忘！

我们不是北京原住民，祖上是山西榆次票号一行，所以祖父在北平银行为襄理。父亲十几岁即随祖父来京上学，1952 年辅仁大学毕业后，任职央行发行局金融政策研究所。所以，我们在北京并无祖传的宅院，所居之处都是祖父买来，搬来搬去难免，各样房子才见得多。

7 东四八条，铁狮子胡同，力学胡同

以上的房子皆在长安街南，这几条胡同都在长安街北，这一南一北可是天渊之别。正是东四八条那所宅子，我才感受到真正北京四合院的滋味，看见被老北京文化浸透了的院子。

那是六姨的家，一扇素朴的大门并不高大，即非朝阳胡同官宅，也非余太太家财气，却温柔敦厚。大门里苍劲油绿的紫藤，荫荫半遮了古旧影背；进月洞门，院落幽雅静谧，一株老树荫满了院子；北房檐下廊柱漆色温润，门窗素雅雕花；庭中怪石疏竹，磐石桌墩，苔痕侵阶；宁静的院落，风雅的屋舍，想来姨父当是文人一属。

后来，看到梅兰芳先生的居所（也在东四），其大小规制、模样安排，精神气度，风流儒雅，正是这个宅子的模样！

我姥爷行七，八姥爷的宅子在东城铁狮子胡同。八姥爷曾任北平商会会长，这就是一所阔大气派的宅子了。高台阶高门台，前后三进各成四合，又有西跨院；客厅分中西两式，书房分大小内外，厅堂摆设亦分东西两式。母亲书念得好，又外祖母早逝，家道中落（母亲高祖是清同治四年进士，姥爷兄弟十人，唯八姥爷腾达），于是八姥爷接来北京，为其女儿伴读。

力学胡同与长安街平行，西口是西单商场南门，东口在府右街，对面就是中南海西门。

宣武门外的房子后来"落实政策"：房子不发还，几千块补偿，在力学胡同安排两间房给小姑姑住（租用）。这里紧邻中南海紫禁城，官员住宅居多，这座房子好像也是。大门宽大，门口一株数百年老槐；院子宽大，北房廊厦，东西南屋平开；过了北屋穿堂，后面还有一进，虽院子不宽，房子十分规整，好像是四合院又加了半进。后院里瓷墩石桌，廊下堆放不少古旧家具、摆设用物，可见这家当年的光景。后来，这宅子也落实政策归还了房东，本来混住的大杂院，满院子破烂棚子小屋，一起拾掇干净了。

以上房舍，都是1965年前的样子。现今的旧宅皆已修葺粉饰一新，已全无历史的习俗文化气氛了。

2011年12月19日

澎湃热血爱生活
——为一位普通的人女、人妻、人母而歌

　　为一位倾注全部热血、始终满怀激情、全心热爱生活的人，撰写一篇被感动、赞赏与良心催促的文字，实在是一件呕心沥血的事。尤其是如何用寥寥数字，拟出一个足可表达这种情怀的题目，不仅大费周折，且无法找到足可表达的词汇。

　　这里写的是一个女人，一个三小时前刚刚溘然离世的63岁老女人。三个月前，就在查出病的前几天，她还在热火朝天地预备着过端午节：买粽叶买糯米买大枣、泡粽叶泡糯米泡大枣；不是蒸一大锅，而是蒸好几大锅；父母、姐姐、弟弟一家一人锅；加上许多亲友，又是好几锅……当儿子告诉我她查出了病，哽咽着对我说："俺小姨还忙着过端午节呢。"这一句话，就让我的心滴出了血！为什么？疾病偏僻要夺去这样一位如此热爱生活、热爱家人乃至众人的生命！

　　自上周六她从外地医院化疗回来，我的夫人她的姐姐，就一直守在她的病床前，一刻不忍离开；每天于黄昏之前、到次日朝阳高照，都在她的身边，牵着妹妹手，再也不肯松开！姐姐一定是在想："我就这样

牵着你的手，一直牵着，永远不让你离开！"医院已无能为力，姐姐的眼泪几乎已流干，但"我要用这与你通的热血，一点点拉你回来！你不能走！一定不能走"。三个月里，姐姐天天以泪洗面，一天只睡四五个小时，根本不吃什么东西，让我好生担忧。

这是个难得的好人，人人都说好，样样都是好：心地好，品行好，待人好；一个心眼只管十分对人好，却从来没对自己好过一分！她的善良真诚、纯洁坦白，在当下，让人不敢相信、于心不忍；人们不明白：时下怎么会有这样的人？就是一块水晶，透透亮亮站在人前，你从里到外、从前到后都看得明明白白，通透晶莹无瑕！这样的人品，如果是男人，在社会上就没法混；作为一个女人，她那大大咧咧、直来直去地掏心掏肝掏肺、毫无遮掩地倾其所有，谁会不从心底说一声好？但有些话却说不出：这人这么真诚坦率、清纯简单，在社会上怎么能行？她不会不知道时下的价值观，更不会不知道自己，但她不管；而一意孤行，只管坦坦荡荡、磊磊落落、无怨无悔，每天高高兴兴、一如既往地活自己！

她自小就这样，父母家的活儿，都让她争着干了，有事情也都是她办；无须两个姐姐操心沾手，姐姐们只管回家同老人说说话、聊聊天、吃顿饭。不光父母家，姐姐弟弟家的事，无论大小，都是她操心、忙碌、奔波。在外边更是：但凡同事朋友亲戚有事，不必专门说，只要让她听见，她那份操心忙碌，比别人还急，还忙！她这一辈子，所有精力、时光和辛苦劳累，自己一点没留下，全都给了别人！她的热爱生活，已经远远超出对自我、自家日子的热爱，而波及蔓延到了他人、大家与众人。时下人们爱说佛，也无非如此，不过如此吧？她不必修佛，只平平常常、自然而然，就像佛一般慈悲了。如此，这个女人就是一尊佛！

儿子三十多了，买了房子娶了媳妇，还愿意同母亲住在一起。百十平的房，一家四口大人，不仅丝毫没有拥挤之嫌，日子过得那份和谐融洽、其乐融融，简直不可言说！然后就添了孙子，就更乐得不行啦。如今大孙子上了小学，她的忙碌与快乐也一起驾到：天天接送孙子、买菜做饭、伺候一家三代；那过日子的热情劲儿，真是顶了天！让人看了不仅是感动，干脆就望尘莫及、羡慕不已！头年又添了小孙子，她就是喝了蜜，眉里眼里，一天到晚都往外冒着甜蜜。我们住得近，我每天早上出门遇见她，或送孩子，或赶集买菜、买饭，那风风火火、乐不可支的劲头儿，让人看了好眼热！

她这一辈子，天天就这么忙——外头见了外头忙，家里见了家里忙。转眼几十年过来，你可从没听过她说声累。没听她说过"歇歇"的话。休息睡觉，是别人的事，她哪有那工夫？一切活路忙完，无论床上沙发上，倒头睡会儿，多少都行。吃饭吃东西更是：买好了做好了："你们吃，我先喘口气儿。"大家吃饱吃好了，她才坐了桌子边，一点菜汤菜渣吃了，就是一顿饭。而干活做事，恰恰相反：有活有事，"都是我的，你们都一边去"。只要她在，别人几乎没什么事可做……

莫非，她这病是累出来的？或许不是。她一天到晚、从小到大、再到老，天天高高兴兴、大大啦啦，不会积攒下病吧？又父母长寿，耄耋健在，也尤病痛遗传呀。叫这到底为了什么？这么恶毒不治的病，怎么就找上了她？都说"善有善报，恶有恶报"，她自己都说："我一个这么好的人，怎么得上这种病？"那就是累的了！这一辈子只有付出，没有补充充电，没有休息；吃饭无时，睡觉太少，几十年就这样，怎么能不积攒下病？钢铁做的机器，不加油修整能行不？何况区区几十年一个肉身子？但上天呀！你公平公正，惩恶扬善，怎么忍心让这么好的人，早早就离开人间？为何不让她长寿百岁，为这个人间多增添些健康美好的空气？

她离家住院时，我心里冒出的第一句话就是："这是她这一辈子，第一次休息！"听见这话，我的心便像被刀斧猛地一击，一滴滴流淌着苦痛的鲜血！这样的人，是不可以早早就走的！她那美好的人性，一定要永远留在这个世界上！

　　　　　　　　　　　　　　　　　　　　　　2022 年 8 月 25 日

丫头是男孩

一不留神，丫头就两岁半了，这是小孩子最好玩的时候。急急地学着说话，急急地学着本事，样样都天真，样样都可爱。每天领她玩耍，为她寻找着快乐，也创造着她成长的机会。但她调皮得厉害，人们见了总要问一句："这是个小男孩？"妈妈奶奶们也对孩子说"这是哥哥""这是弟弟"！

一

丫头确实太调皮。小头发短短少少，整天穿哥哥姐姐旧衣裳，又大多素色。偶尔穿件红的花的，即使小裙子，也不像个女孩。模样不像，穿着不像，神态更不像。这丫头落落大方，也稳重忖度，毫无女娃的扭捏之态。走路雄赳赳气昂昂，奔跑疯闹赛过男孩；小时看那胖胖腿，担心会好吃懒动，不想跑的那个疯！只要抬腿就是跑，而且越快越好，像"百米冲刺"！下坡更推高了那快，见坡必下，锐不可当；不管摔多少跟头、挨多少警告，也绝不悔改；走路拣难走的，攀高拣难上的，哪里有女娃的谨慎小心？专拣做不到的事，喜欢困难又刺激的游戏，必尽兴方归；喜欢同调皮的大男孩玩，跑呀跳呀，爬呀追呀，直到大汗淋漓、直到妈妈把男孩带走；小胳膊也有力气，两岁就能提起一二十斤的大南瓜，一把就拉起摔倒的小朋友……

民间管调皮男孩叫"上墙爬屋"。丫头的调皮胆大远近闻名，堪比十个男孩，也怪不得人家说。想想时下的男孩，个个娇生惯养温柔贤淑，哪儿有"上墙爬屋"的？莫非丫头是来补充？民间也说"调皮的孩子聪明"，但这个"调皮"，绝不是撒泼捣蛋无理霸道，而是智力的优秀、求知的强烈、生命的蓬勃。因此，我们无须用衣裳发式去"修正"她，只管任其自然、让她的个性尽兴成长吧！

二

丫头也不全是调皮。调皮只是她的表象，是她智力与生命的外在。她内心，是聪慧而细腻的。她善良懂事、情感丰富，也是非分明。

人说"打小不哭不闹的孩子，大了不会让人操心"。而总要人抱，甚至抱到很大的孩子，往往难以自立。丫头自小不哭不闹不让人抱，不捣蛋也不任性，从不做别人不喜欢的事。能爬时，自己爬；能站时，自己站；爬不好站不好，也不容人帮忙；刚学走路就要自己，而且要快，不管摔不摔倒，摔倒起来还是快。一切事最好都是自己做，一切能力最好全都有；一岁时就自己吃饭、自己用调羹、自己端饭；吃完了，还要将碗筷送去厨房，废纸扔进垃圾桶；用筷子有多难？一岁半就学，不知费了多少心思力气……

她不像别的孩子：玩具越多越好，见了就要，玩了就丢。她不太喜欢玩具，也很少玩；许是玩具的完整现成，阻碍了人的创造力。她有什么就玩什么，最好没玩过的；今天这个明天那个，生发许多新游戏；爷爷的小物件，都是她的好玩，成天摆弄来摆弄去，小脑瓜转个不停。她从不毁坏丢弃任何东西，无论多么陈旧简陋；玩具坏了，要等爷爷回家，急急举来爷爷面前："爷爷！坏掉！"然后伴我一起修好它们；清澈透明的高脚杯让她好喜欢，借着喝水一一摆上，将水倒来倒去；不小心摔碎一个，她会久久地望着地下，一句话不说。丫头穿衣从无挑剔，无论新旧；莫非她尚不知美丑？那回我穿了件橘黄色毛衣，她静静走来，摸摸衣袖说："好漂亮！"小小娃娃居然也懂得审美？

三

小孩子成长，往往智力思维在先，而肢体能力在后。也许正是"劳动创造了人"的真义？肢体行为，是在大脑指导下运行的；肢体劳动，促进了人类思维的进化，而逐渐远离动物。因此，肢体能力与智力发育，相辅相成，正是俗话说的"心灵手巧"。在劳动中，她们相互推进，交替上升。"心灵"者，必令"手巧"；"手巧"者，必促"心灵"；于是，心智与肢体便同步健全了，成熟了。

勤于思考、热心劳动，是丫头长处。天生的聪明才智，一直在推动她能力的增长。对身边的事，她样样在意、样样想学，样样要做。一岁多就要自己穿衣穿鞋，穿不上也穿，大人要帮忙，她就使劲拨拉你："轩轩自己！轩轩自己！"从那以后，"轩轩自己！"就成了她的名言，大人只好敬而远之。如今，袜子也会穿了，脚底脚面绝不穿错；穿袜子也罢，对齐拉链有多难？照样是自己；小孩子哪里要刷牙？可见了大人刷牙，就没办法了；先是用吸管在嘴里来回磨，爷爷买来新牙刷，她红黄蓝绿一字排开，一杯清水放眼前，刷起就没完了；奶奶包饺子她更忙，自己拿来小凳，站上面板前，又捏又擀又包，居然捏出个小蝴蝶！

许久不见她，还是静静地在叠自己的小衣服！专心致志，一丝不苟，直到一件件全都叠完，再整齐地摆好；只要到爷爷屋，就给爷爷叠枕巾，方方正正哪似孩童？电视上看了演出，那张大床就成了蹦蹦床舞台；扭动身子做动作，拿着小桶桶激情"高歌"；唱完跳完，一躬到底，把人笑死了！爷爷修玩具她更忙，将尺子剪子小钳子、钢卷尺放大镜一样样拿来；尺子量、放大镜照，钳子夹，忙得不可开交；看了警察叔叔指挥交通，她便牢牢站在屋子中央；先扬一只小手禁止爷爷通过，然后把两只小手蜷在腋边做立正状，好一份严肃认真！用爷爷的茶杯炒菜，水果糖杏核、小点心小药瓶，都是她的"食材"；菜炒熟了，用小勺喂爷爷尝，爷爷说"好吃"没事；要是说"好苦""好咸""好酸"，她就假装生气的样子，板起脸学着大人腔调，"叽里呱啦"一阵"训斥"……丫头不喜欢重复，一件事学会了，小小心思又要寻找新的游戏了。

勤于动脑动手，让她之所以成为她。"思与行兼具，思而行不辍"作为一种美德，是所有人生的必备，却也是时下孩子们的远离与缺失。

四

看着丫头成长，既为她高兴，也替她着急。但听丫头学说话，就是莫大的快乐和享受了。那稚嫩急切的声音，那含糊不清的词语，是急急成长的渴望与努力。每逢听见她说话，我就会立刻跑去；紧盯那张小脸儿，聆听她可爱的声音，欣赏那新鲜喷薄的生命；稚嫩咿呀，词语二三，初露不清；把"一二三"说成"一艾鲜"、"八九十"说成"八九席"，将"一个两个"说成"一的两的"……真是好听极了，美妙极了！

在说着"这是男孩"的同时，人们也说着丫头的善良懂事、心细爱人、乐善好施和同情心，说"这是个爱操心的娃"。

小朋友摔倒了，她赶紧去扶，再扑啦扑啦身上的土（其实没有什么土）小朋友哭了，她去抚摸她们的小脸儿，悄悄说"不哭不哭"；再仰脸向爷爷"爷爷，纸"，拿了纸巾在小朋友脸上一阵擦抹；她不吃糖，却要了糖分送小朋友；她会把小朋友喜欢的玩具，双手递在她们手里；大人不许玩电脑，她再也不动；爷爷不高兴时，她会来哄你；要么默默走来，摸摸你的手或腿，要么若无其事、高高兴兴跑来逗你玩。那天中午我不高兴，下午回来她正同奶奶包饺子，不等我看见，她便大声说："包'包包'给爷爷吃！"将我感动良久。

民间夸小孩子懂事，叫"知好歹"。好歹者，是非也，善恶也，深浅也。知好知歹者，明白事理，懂事也。丫头是个懂事的孩子，体察人心、明晰事理，好像是她的天性，无须大人教诲。吃惯了奶奶做的饭菜，知不许吃外边食物，她从无违逆；进了超市，小朋友要这要那；她只静静地摸摸看看那些五颜六色的玩具食物，什么也不要；阿姨给她食物，她先就远远跑开，使劲摇小手："家有！家有！"阿姨来家玩，临走时，她竟提起奶奶刚买的水果，仰脸递给阿姨；虽与爷爷玩得高兴，但爷爷走时她并不阻拦，只静静地招着小手，说"再见！再见"，眼睛里满是依恋与遗憾。但凡不能做的事，只要你为她讲明白，绝不会任性而为……

任性，是小孩子的本能，几乎概莫能外；懂事，大多出于灵性与锤炼；而"从善如流"，却是美好的天性使然。

五

丫头情感丰富而恰当，是非分明也有分寸。

与调皮小朋友一起玩，她奋力奔跑冒险、争先恐后、互不相让。与温和文静的孩子一起，她也同样温柔、宁静、亲昵。爷爷奶奶吵嘴，她会站在中间，学着大人腔调，"叽里呱啦"申斥"无理者"。她爱操大人心，唯恐她长大后会很累：出门时，先把手机装进奶奶衣兜，再将文件包递给爸爸，然后装上自己的纸巾，带上小玩具，甚至雨伞；小朋友不听话阿姨生气，她往往地看一会儿，会去推那小朋友一把——这心操的！"枪弹"打在地上，唯独她去拾，轻轻说："掉麻烦。"自打知道了衣兜的用处，就多了样宝贝，将小玩具装进去掏出来；没鼻涕也掏出纸巾擦，给小朋友擦手擦脸就成了她的事；爷爷掉了东西，她赶紧跑来拾起，递在爷爷手里；爷爷刚喝完啤酒，不等看见，她已将啤酒罐扔到垃圾桶去了……

丫头喜欢干活，最喜欢大人指使她干活。干活时，一副严肃的样子，认真仔细干你每一件事；小脸儿隐藏的得意，在默默宣告："我能干活了！我在长大"。看得出，那些能证明"我在长大"的事，都是她生命深处的最爱。

六

丫头高兴时，疯跑蹦跳；幽默时，会有夸张的、装饰性的笑；同爷爷玩耍，会哈哈大笑。吃饭时，永远不会"老实坐着"，必要变换姿势、地点、玩耍游戏；正像她奔跑时永远不会"慢点！慢点"；正像奶奶天天说的，"一会儿也不老实！"她不要重复刻板，不要一成不变，要生活的多样、心灵的丰富。

但她不缺少沉默与安宁。她可以一个人静静地玩，有时好像在独自思考，有时则默默观察着眼前的事情。她的这些沉默与安静，常常让我想起她的"百米冲刺""上墙爬屋"与一头大汗。这个反差很大，仿佛水火不容。但细细想来，或者也是一种人格丰富的样子？

有动有静，有刚有柔，动静互补、刚柔相济。那些丰富的人格，绝非单一或单薄的，更不是孤陋的；而是色彩多样、节奏变化，抑扬顿挫，浓淡相生的。是心灵深刻而丰富，品性细腻而豁达，为人旷达而真诚。这样一种心灵的整体，应当是人性的至美吧？

　　如果说丫头的生龙活虎、奔跑蹦跳、热情奔放，是她的蓬勃与激情；那么，她的沉稳安静、谨言慎行、真诚操守、就是她深厚灵秀的内心，是她妥善完整的心灵。

　　丫头正在一天天长大，是的，她在一天一天地长大。她健康快乐、自由自在地成长，让我们感受着新生命的可爱与美好。但这个阶段，就要过去了。三岁一到，说话与行为的基础能力健全了，她就要上幼儿园了。一个孩子一生中最可爱的阶段，便告结束了，那初学一切的热情奔放、急切的追求渴望、新生命不可遏制的生机勃发与天真未凿，也将永远过去，永不回来！

2019 年 6 月 24 日

妞妞吃饭

妞妞，是我的小孙女。

她出生的那天晚上，我和他奶奶正在医院路南朋友家打牌。大约十点半，她奶奶的电话响了，说："快点来吧！一个小朋友要到我们家来了！快来迎她！"我们放下牌就跑。第二天凌晨，小孙女来了，足足9斤6两！后来我对她说："原来你是个九斤老太呀！"

妞妞长大了，只要我讲起这故事，她就会笑得肚子痛。一边捂着肚子一边说："爷爷再讲一遍！""爷爷再讲一遍！"讲了好几遍还是听不够。

爷爷喂喂

妞妞一岁半才到我们家来，刚来时最喜欢的事就是跳舞。只要音乐一响，她就在客厅中央翩翩起舞，全是自己的创作，包括道具。每天看她跳舞，我感受着一个新生命的追求与生发，感受着她创造的欲望，也看见某种天赋的流露。

妞妞从小聪明懂事。来时还不会说话，却喜欢听我讲道理，而且一听就懂，听了就做。大多只需一次就行，且完全明白那句话里的是非好歹，没用的话一概不理。这就是一件奇怪的事了：一岁多年纪，怎么会分辨是非好歹？

孔子说："少成如天性。"人的成长或成就，无非先天与后天。先天与生俱来，非人力所为；后天，乃自我所为。"天性"是先天，而"少成"是后天，令后天干预先天，只能在孩子幼小时候。孩提幼小"识人颜色，知人喜怒，使为则为，使止则止"（《颜氏家训》），如至年长，"骄慢已习，捶挞至死而无威"。家长的责任殆忽于此，若"无教而有爱"，便是天大的失职了。将良好的品德素质、能力言行，早早印在孩子心中，便如"天性"一般了。

我一直悉心窥探着妞妞素质的流露，苛刻地发现并指出其中缺陷，使能及时更正。为此，我与妞妞创造了一个词语叫"犯错误"，妞妞明白了它的含义，总是毫不耽搁地修正自己。

妞妞五六岁时，我对她说："小朋友就像小树苗，一天天长大，虫子或乱枝会影响她成长。爷爷的任务就是把乱枝小权给你削去，好让小树长得又高又大。"她就把这话学了去，用小手模仿小刀的样子，对小朋友说："爷爷把缺点都给我削了去！"我还对她说："凡是影响妞妞成长的缺点，我们一点也不留。不影响成长的爷爷给你留着，你说好不好？"她也欣然同意。教化之道，贵"张弛得当，宽严相济"。唯如此，严才得以严，张才得以张。

爷爷说的话，妞妞不仅全能听懂，全都同意，且一概执行全无障碍。缺点毛病一个个去了，长处美好一样样长大，"犯错误"的频率越来越低，至今几乎不用了。

妞妞从善如流的品质令我万分欣喜，也万分感谢，无端就会说一声："谢谢妞妞！"她开始时有些不解："谢什么？爷爷？"长了便木

113

然，知道我是在表扬她。对我的表扬妞妞始终是木然的，不是不明白，而是不喜欢。

适时给孩子表扬，以固定其优点，树立其信心，是家长万不可缺失的功课。而那句"好孩子是夸出来的"，却绝非此义，而家长却只知其一，不知其二。孩子好说一声"真棒"，是固定助长他的长处；而并无好处，缺点成堆，"真棒"的意义就只好相反了。

对于称赞和表扬，妞妞自小淡漠。但对缺点却"闻过则喜"，哪怕轻轻，只要听见立刻就改。这让我想起"从善如流"的话，但能如此，成长何优？成就何优？

淡漠成绩，没有骄矜，自然是很好的素质品德。但过分低调实在难得，低调不是这个时代的东西，张扬虚夸才是今天的时尚。这孩子的低调太像我，万事不出头，发言演出上台，出风头的事万万不能。对她的低调，我十分欣慰。虽与功利时尚相悖，但无疑是美好的品质。于此可感知她的未来，一定会扎实厚重、稳妥安定，宁可没有灿烂辉煌。

抽个安静时候，我慢慢对妞妞说："咱们不追逐时尚，不追逐财富，我们爱简朴天真，爱扎实厚重好不好？"她说："好！"我又说："我们不爱金钱名利，只爱高贵尊严：性情人格要高贵，言谈举止要高贵，好不好？"妞妞说："好啊！"这"高贵"她未必全都明白，但也许她感受到了。性情禀赋天之所生，顺其自然，壮其所生，养之固之，人生便无歧路。

有一回，我对妞妞说："你钢琴弹得这么好，长大当个艺术家吧？"妞妞说："不。我长大当老师。"我说："那你一定能做个最棒的大学教授！"她说："我不，我就当老师！"小小孩子居然如此果断，如此清楚，小小年纪就有一份理想，令我非常高兴，也十分感动。而问到今天的孩子，几乎人人都说"不知道"，或者说："挣钱！当老板！当官！"……

而妞妞是一个不慕虚名、不希利益、专心所爱，精神高尚的孩子。

自妞妞上幼儿园，谈话的机会少了许多，如今只有午饭半小时了。但话不在多，半小时乃至不足半小时，对于她已经足够。"从善如流"已经在她的心里了。孰是孰非也了了分明。对孩子讲话宜少不宜多：少则沉重，多则絮叨，以致孩子"忿怒日隆而增厌"。

妞妞就这样一天天健康长大了。我并没有关注过她的上学和作业，因为那是没有问题的。一者，她太喜欢上学，生病打针也不能阻拦；二者，这孩子上进心太强，成绩不好自己就万分着急难过。如此，我们就省下了"好好上学""好好做作业"的呼喊。

韩愈《答李翊书》中说："养其根而俟其食，加其膏而希其光。根之茂者其实遂，膏之沃者其光晔。"妞妞最需要的是"养其根""加其膏"，需要素质品德培养，目标方向指出，本领能力增加，这是我的任务。所以，我永远不必为她检查作业，更不必为成绩操心。

为了缓解孩子的压力，我说："我们不要100分，只要95分。"这话与世俗太相悖，她有点不明白了："为什么？爷爷！"我说："100分压力太大，会影响知识的掌握。95分没有压力，恰恰会取得更好的成绩。"这回她不仅听懂了，且成绩十分稳定，越来越好。

考试前，我会告诉她："妞妞进了考场，最好是脑子里一片空白。""为什么爷爷？"她又不明白了。"因为，该努力的你已经努力了，只有坦然轻松的心态，才能发挥得最好。"这回她听懂了。时下孩子最怕的就是成绩的压力，而希求功利的家长，绝不懈怠施压以求成功。其实恰恰相反：许多孩子在不堪重负下，已放弃努力。唯有减去压力，才能还孩子以主动。

在妞妞的成长中，我们尽力为她提供宽松的空间，削减一切压力，而努力培植她学习的热情。只有当她有了宽松的心情心理，可以自由健康驰骋了，她好学的天性与聪慧，才会如鱼得水，99 分 100 分也许不期而至。

奶奶喂喂

妞妞的成长是爷爷帮助，而生活身体的健康，全是奶奶的功劳。

妞妞没有吃过母乳，一口也没有，是奶奶一口一口将她喂养大。如今妞妞 9 岁了，健康挺拔，亭亭玉立，腿像石头样结实。由于没有母乳，妞妞小时睡觉要含奶嘴，闭着眼睛使劲吸吮，直到睡熟小嘴还在吸。断了奶嘴后，吸吮的小嘴依然不停……每念于此，我的心都在流血！

从她出生第一天，奶奶便开始了一口口喂养的艰难跋涉，九年时光毫无懈怠。至今仍不止息，一半的饭还是奶奶喂，这就是我为她保留的唯一"不影响成长"的缺点。不只保留，且可以延续，直到她不再需要。妞妞不是不懂事的孩子，不会因此就躺在襁褓中，她的自立没有受到丝毫影响。而因为没有母乳，她更需要健康，也安慰着我们心灵的伤痛。

妞妞是奶奶的至爱，是奶奶的一切。自打妞妞出生，奶奶的生活与生命全都献给了她。

奶奶喂得好，饭菜也做得好。妞妞上学后，只在我们家吃一顿午饭，但奶奶每天的采买却像贵客光临：牛肉羊肉猪蹄、刀鱼黄花大虾、山药蘑菇豆腐、苹果石榴猕猴桃……不光是疼爱，更有母乳的担忧替代。回来洗涮料理、煎炒烹炸、包子饺子、大米饭豆沙包、小米绿豆粥、黑米红枣粥、芋头地瓜粥……每天不重复，每天新花样，食物多样，营养充分。早晨六点起床，一直忙到中午，妞妞放学了，餐桌上已摆满了饭菜：几个主菜是妞妞的，剩菜是爷爷的，奶奶只喝点稀饭……

这年头妈妈追着孩子喂饭，十几岁了还张着大嘴等妈妈喂，一点也不稀罕了。因娇生惯养而软弱依赖，因此失去自理能力，孩子们的危机隐忧大多在此，妞妞也懂得其中利害。宽严相济，是教育的必须技巧，欲删除其缺陷，必辅以宽松，如今家长无宽唯严，自然就一事无成。"弓如满月"只可一时，不可常常；"月圆必亏，月亏必满"乃天之道。期严励奏效，必辅以宽，宽且无害。为了成长大计，我才为她留一点无伤大雅的缺点。

我喜欢妞妞好好地玩，多与小朋友一起游戏，是孩子童年的权利，是宽松的空间，也是童年必需的学习机会。游戏带给孩子快乐，也让他们在游戏中增长能力、学习思维、优化素质，学会与人相处。让孩子多有健康的游戏，给她们成长的机会，是家长必行的责任。

但妞妞不玩电脑不看电视，不吃肯德基，不吃垃圾食品，也不下饭店，真让人高兴。

如今，"奶奶喂喂"已成为我们家的幽默名言。妞妞小时我曾对她说："让奶奶喂到20岁好不好！"她可高兴了。六七岁时再问："让奶奶喂到几岁呀？"她说："喂到15岁吧！"最近又问时，她说："喂到10岁吧！"随着年龄的增长，她更懂事了。

慢慢长大，妞妞吃饭的样子也丰富多彩起来。小时候，老老实实等着喂；后来，自己先吃，然后奶奶喂。夏天我从山上回来，餐桌的安置全都改变了：妞妞放弃了矮凳，改成了高椅，先是坐着，后来腿也搭在扶手上，小碗儿放在另一张茶几上！过几天又改成：在自己椅子上吃一半，奶奶椅子上吃一半，而且要半躺；再后来，干脆把小碗儿搁在椅子旮旯里！……

你也许要说："可把孩子惯坏了！"却并非如此。看她换来换去的样子，我只是欣慰地笑，因为我明白这里的意思：这是她在幽默，在求新，在创造。看见她聪慧地创造，我很欣慰，其实不仅如此，她处处都在求新。而且随时随处，旧的过去了，新的又不断创造出来。

"奶奶喂喂"绝不止于吃饭，但凡生活的一切，奶奶全包。穿衣睡觉，洗澡梳头，上学下学，风霜雨雪……奶奶无不操心，无不周到，无不全身心奉献。

夏天夜晚偶尔给蚊子叮一下，能把奶奶急个死，疼成什么样。埋怨别人又埋怨自己，不知想出多少办法：卧室封纱窗、打药、挂蚊帐；点蚊香，各色蚊香，一一点过；下楼玩先喷一身花露水；蚊帐买最好的，这边挂了，再往她们家挂，不到一口不咬决不罢休！

洗澡，每周末一次，不管天冷天热，洗得奶奶满身大汗气喘咻咻，妞妞边唱边玩；接送上学下学，不论酷暑严寒，风霜雨雪；雨衣雨鞋、帽子棉袄；回来先喝水，再吃水果……

睡觉，有爷爷"睡觉是健康第一"的话，妞妞的睡眠也是自小第一。一岁多，妞妞上午十点就想睡觉，奶奶好歹让她等到午饭后再睡，就养成了好的习惯；妞妞随奶奶睡觉，奶奶一动她就醒，为了让她多睡会儿，奶奶一动也不动；半夜起来唤小便，奶奶许久睡不着；有个蚊子，奶奶打不死不睡；只要妞妞睡觉，无论白天夜晚，苍蝇也不许哼哼……

吃饭，为让妞妞多吃一口，奶奶千方百计，不知费了多少劲！最好是妞妞一顿就能吃个大胖胖！我无数次说："这顿不吃下顿吃。"奶奶万万不听；天天换样儿，顿顿换样儿，水果也是；——这是一个没有母乳的孩子！

从善如流与高贵

妞妞还有一个缺点：浪费。这与妈妈的爱买和过分疼爱有关，虽不太关乎成长，却也不可久留。为固定要紧的素质没有即去，但不断地浸染收效很不错：作业本用完了才扔，铅笔的数量大大减少，很少要吃的东西，衣服和玩的东西几乎不要……看来，"勤俭不是小气""奢者富而不足，俭者贫而有余"已经慢慢在她心里长大了，而且会继续长大。

她毕竟还是孩子，以她的年龄，已做得够多也够好了。但以她的素质，相信长大后会将那些已经懂得的事一一做好，比如说热爱读书、简朴生活、追求理想、帮助他人甚至优雅高贵，对此，我毫不怀疑。因为"从善如流"的素质，她并不缺少，"向善向美"也早已烂熟于心，尽管她从不提到，但她的天赋与行为我能看清楚。

看到她良好的素质，又在这样浮躁的时代，我便有更深切的企望：希望能养成她的高贵。让她具有高贵的品德、高贵的性情、高贵的素养、气质与气象。如此，她的一生即可安泰，不入俗流。这对女孩子至关重要，至关珍贵，加上谦逊好学，一生即可无虞。

这个目标，比前述一切都艰辛都浩大，要循序渐进，坚忍不拔，不可丝毫松懈。为此，我和妞妞一直在努力，但有美好事物，我随时向她指出，让她点点滴滴感受，渐渐浸入心灵。因为妞妞不缺少这样的品质，"指出"是我的工作，"濡染"她会做到，但愿我们能够成就。

告诉她这是好，那是不好，这是是，那是非；告诉她为什么这衣服好看，那衣服不好看；告诉她大自然是美好、艺术是美好、读书知识是美好，以及一切美好；告诉她什么是高贵高尚，什么是庸俗卑贱；指出优秀的人格气质、优雅的谈吐神态、雍容恬淡的举止、简洁大方的外表……先自外而内，再由内而外，我们的追求和努力没有白费。

于是妈妈买了新衣服，她要问我好不好看；同小朋友游戏后，他会让我说说小朋友的优缺点，也随时告诉她身边人的长短优劣；告诉她一个事物的真假、善恶、美丑。她弹钢琴时，我评价曲目的长短，以提高她的艺术感受力，于是她总会问："爷爷，这支曲子好不好听？"。看一幅画，一部电影，或出门旅行，我都随时告诉她其中的优劣……

于是，妞妞遇事就要问我的评价，一步步走上我们设计好的道路，她有这个天赋。

民间评论一个孩子会说"这孩子知道好歹"或"这孩子不知道好歹"，一句平常话却是至理名言。一个孩子一个人，能知好歹，好则取，歹则弃，一生还有何虞？人但知好歹是非，又何必有那么多歧途坎坷、反复寻找、生命浪费？究其一生，无非是在取好去歹？

素质来自先天，正所谓"上智不教而成，下愚虽教无益，中庸不教不知"。

明确分工

妞妞对爷爷和奶奶的分工，弄得太清楚：凡生活事情，唯奶奶是听，不许爷爷参与；凡关乎成长素质，爷爷的话一概奉行，奶奶不发言。

凡事走到极端，往往就造成幽默。中午放学回家，奶奶忙这忙那，爷爷闲着，脱鞋脱袜子也得等奶奶；衣服扣子没系好，必叫"奶奶"，爷爷不行；接送上下学，奶奶再忙，爷爷也别想接手；凡家庭事情只与奶奶嘀咕，爷爷问时就是个"不知道"；她的碗筷爷爷不能动，给妞妞夹菜拿饭更不行；她要东西时，我故意逗她"爷爷给拿"，她就赶紧说"不行"……

中午做一大桌菜吃不完，剩饭剩菜全归我，一直吃到第二天中午。夏天我住在山上，回来第一顿饭妞妞总会说："爷爷，你不在家，剩饭剩菜没人吃！"一回山上没有了花生油，她爸爸说"我们家有，过期了"。妞妞听了不假思索，小手优雅一摆："给我爷爷吃！"

"一粥一饭当思来之不易，半丝半缕恒念物力维艰。"不止家里剩下食物，连她家的过期食品也一包拿来给爷爷吃。东西落在地上，只要妞妞在眼前，爷爷立即捡而食之，因此妞妞有名言曰："我爷爷最脏了！"——我等四体不勤五谷不分，不稼不穑而能温饱，全仗他人之劳作，岂可靡费？"人尽其才，物尽其用"，天之大义；又"不脏不净吃了没病"……其实，我都是故意的，故意表演给妞妞看：

"爷爷吃了掉在地上、过期剩下的东西生病了吗？爷爷冬天穿那么少，一年四季凉水洗脸洗脚，还喝凉水，也没感冒拉肚吧？妈妈给你穿那么多，喝水洗手都要热水，为什么你还感冒拉肚肚？要知道：你的小身体里本来就有警察，专门管杀死病菌，让你不感冒拉肚肚，它叫'免疫力'。妞妞的免疫力要自己壮大，你老穿那么暖和，老在暖和屋子里，吃的用的都'干净'，你的警察只好天天睡觉，坏人来了他也不会管。你要好好锻炼身体，让她能适应风霜雨雪：冬天穿得少，夏天不用空调，吃饭要泼辣，多走路少坐车，用凉水洗脸喝凉开水，流鼻涕打喷嚏不要急着吃药……你能做到这些，身体就会像爷爷一样好！"她虽然不说什么，但已经放在心里了，这就是我的安慰。

诸如此类的道理，只要有机会我就会说给她。对孩子也许深了点，早了点，但妞妞全都听得懂。如刚才说的体质养成，全归妈妈奶奶管理，爷爷既管不了妈妈，也管不了奶奶，妞妞只好束手就擒。我们只能慢慢来：该说的一定要说，妞妞不会忘记。"少成如天性"，防微可以杜渐，把美好早早种在她心田里，让她在那里养育。不怕眼下做不到，只怕长大后心里什么都没有。东西攒好，到时才会有得用，长大一点用一点，不至手足无措。到时，收获一个个成熟的果实，相信就是妞妞的素质。

妞妞没有母乳，但她吃饭好，五谷杂粮、百菜百果、鱼肉禽蛋无不欣然食之。因而营养充分而丰富，如今也身体健康，好像一株亭亭玉立的小银杏。

妞妞自小懂事，知好知歹，明辨是非，且聪慧好学，从善如流。因此不仅营养丰富，年纪小小就把那么多美好的种子种在心里，今后茁壮成长应无甚大虑。

妞妞吃饭好，消化好，吸收也好，这是她的福分。也是爷爷和奶奶的福分。积德行善，好人好报，果报轮回，应当会应验在她身上。

2009 年 11 月 21 日

第四辑

默默沉思

老北京有条中轴线，以示京都规制之堂皇。泰安城与泰山，也有条中轴线，沿袭着帝王的规制：通天街、双龙池、遥参亭、岱庙、岱宗坊，然后是泰山的中轴盘道。

2000年，我在通天街一家律师事务所上班，每天早晨走着青石板铺的窄窄小街，迎面就是那葱郁大山。路边古旧店面，槐荫遮尽蓝天，然后是双龙池，正在东岳大街的中央。千年古槐覆盖其上，四周围绕斑驳白石栏杆；遥参亭锈迹斑斑的牌坊，就贴在马路边上；牌坊之中，便是遥参亭的碧瓦红墙……多少美好！在这里聚集！

翠黛的绿、斑驳的白、古旧的红、湛蓝的天，是这幅图画的彩色。巍峨苍雄，古老浑厚，生机盎然，是她的精神。正是因为她，我喜欢每天早晨去上班。

最是那马路中央的古槐苍郁生动：黑褐如铁的树干倾斜着，猛一回头，又将它阔大的树冠向东摆去，双龙池，就轻轻地揽在了怀里。万分庆幸，没因为开路而将它铲除，让我们每每驻足惊叹。

遥参亭的汉白玉牌坊，就在马路边边，与双龙池相隔只几米。它造型简洁素朴，几无雕饰，经历了无数风霜雪雨，早已苍老无棱，锈迹斑斑。数百年来，它就这么默默地站着，却把历史与沧桑告诉了它的人民。

遥参亭并不是个亭，而是岱庙前形制完整的一个院落，山门、正殿、两厢一应俱全。是帝王进入岱庙祭奠之前，更衣小憩的去处，却又不仅是礼仪的需要。对于雄阔的岱庙，她是必要的前置，展示着中国古代文化的智慧与周全。孔庙前有瓮城，以示森严防卫；岱庙乃祭山之所，无需防卫，"遥参"便好。

出遥参亭北门就是岱庙，二者之间一座青石牌坊，是铁一般的颜色。此坊比刚才的汉白玉坊高大了许多，也沉厚了许多，时光磨砺了它，座墩立柱早已没有了棱角，身上的雕花也沧桑模糊。门柱上的对联却还清晰，曰："峻极于天赞化体元生万物，帝出于粟濯灵赫声镇东方。"这是给泰山的赞誉，当然也是给皇权的赞誉。"峻极于天"，表面在说泰山，其实是说皇权。而"帝出于粟"是帝王的谦卑，以谦卑低下而言至高无上，正是老子的思想："贵以贱为本，高以下为基。是以侯王自谓孤、寡、不穀。"老子还说："圣人欲上人，必以言下之；欲先人，必以身后之。"此乃"无为而无不为"也！

前边就是岱庙了。最惹眼的，莫过城墙上那飞檐的角楼，虽不如故宫角楼富丽堂皇，却也古意盎然生动感人。楼上几层飞檐高高扬起，歊歊欲动，仿佛鸿鹏展翅欲飞；身子却那么安稳地卧着，告诉你：她永远不会离城而去！

站在岱庙的山门前，那城墙倾斜而上，愈显得沉稳浑厚了。城楼一点也不高耸，一点也不华丽，只是矮矮的暗暗的，像是一个忠厚慈祥的老人，默默地蹲在那里晒太阳。他千百年来一言不发，只是在那儿守着你，看着你，看着他的子孙一代一代地生活……看着他的样子，你会觉得：你可以把所有的信赖依靠、倾心诉说甚至悲伤哭泣，一起托付于他。他无不乐于接受，无不乐于聆听……

我肃穆了。久久凝望这简朴城楼，蓦然想道：莫非，这城楼正是泰山那博大宽广的胸怀？也许。这正是设计者的苦心？

这是岱庙的城楼，泰山的门户，他们在苦心寻求一种样式，一种可以诠释泰山精神的样式：宏阔博大，宽厚慈悲，无所不包的容纳与胸怀！让万民天天可见，年年可见。这便是中国文化的博大精深：不张扬，不霸道；简朴平易，温柔敦厚；虚怀若谷、大象无形。——就那么安详地在那儿，供子孙们世世代代观望、琢磨、体悟，只看你是否有心，是否用心。智慧又用心的人，会受益无穷，身心快乐；而对于麻木不仁甘愿孤陋者，她也无怨无艾，永远会在那里等待你。

上班是一个小小三楼，楼上有露台，露台上又有仿古凉亭，红柱绿瓦，斗拱飞檐。常常在凉亭间站，眼前那葱郁的大山布满了视野，只留一线天空在高处。

整面山上，都是厚厚的松柏，偶尔也露出巨岩的边角，你可以依此勾勒大山的脉络，想象那山中的所藏。最好是雨后初霁，山给雨洗净了，森林松柏翠得滴水，绿得扎眼。雨后又有云雾，更是妙不可言，淡蓝色的云雾在山间漫漫游走，浸染山巅。缭绕山半。山峰有时就被遮了，让你想象那里不知的雄健；或者山峰背后云雾在飘，山峰便给衬得更加雄奇翠黛；或者云雾就在山腰飘走，或淡或浓，缥缥缈缈，千变万化，就把人也弄醉了……

每逢这时，总会迷恋，迷恋她的变幻缥缈，迷恋她的朦胧深藏，也懂得了什么是蕴蓄，什么是委婉，什么是缥缈。不仅懂得了艺术，也懂得了人生。

下了班，离开办公室，跨过马路就是那天堂。夕阳正好西去，光线那么柔和，岱庙前的草坪茵茵而绿，花圃芳菲。天空兰兰静静。白云悠闲，草坪花圃间少了老人，多了姑娘小伙儿年轻妈妈，都是春天般的生命、娃娃的笑脸，"咿呀"嬉戏之声……

好一幅赏心悦目的图画，好一曲欢欣快乐的歌谣！生动莫过身穿家常衣服的妈妈们，轻盈的衣裳清清爽爽，一个小娃娃拎在手上，或抱在怀里，再放了他们到草坪上去。草坪是柔软的，碧绿的，蹒跚学步的娃娃在上面拍着手喊"妈妈"！想跑还不会. 想跳又跳不起，倒下，起来，翻身……那小牙初露，那小脸嫩嫩，什么样的花朵能和他们相比？

挨着草坪花圃，近着妈妈娃儿的，正是岱庙古老雄壮的城墙。依城墙往北，是一条窄窄小街，城墙斜下来，就立在了路上。此谓仰圣街，路西就是城墙，路东才有矮旧的小店，街上行人车辆不多，那安详宁静的氛围，正与那古老的岱庙相和。我喜欢走在这条小街上，慢慢地散步，看年久风化凹凸不平的城墙，看墙半生出小树丛丛，逛逛小小店铺，最是这古城的滋味。

不光是小树丛丛，那古老的城墙上，居然有数百年的古柏桀然而立！就在岱庙的北门，兀然就横出了墙面，奋然昂向青天！虽苍老嶙峋，绿叶凋零，却也似宝剑般锋利刚健！

看着它们的样子，就那样生在城墙之上，谁能不为之动容！问一问：时光究竟有多久了？生命居然还是这般顽强。历史啊，到底想告诉我们什么？

站在岱庙后门北望，岱宗坊不过一箭之遥。短短一段清净安宁路，路边浓荫下的店面是字画、古董、南纸、书店。花卉盆景，奇石古玩摆在路边，青翠的盆景与斑驳陆离古玩参差着，相互映衬。

常常驻足欣赏它们，盆景中的松柏榔榆，无不是苍老的株干，青翠的枝叶。她们百态千姿，高低错落，或浓或淡，意趣万千。紫砂盆造型拙朴，工泥精细：或红或黄或赭，或长或圆或方，全是中国古代艺术与文化的恬静，闲适和优雅。

小小古玩摊，一块粗布铺在地上，把古旧瓷器玉器，陶器铜器之类一一摆开。旧与古老，是它的总色。而绝不一样，才是它的美。在商品展示中，也许唯古董摊才是这样，才有这般的美感。你也无妨蹲下，将那些小玩物一样一样地看，其色彩、模样、意思，总也说不清，总也看不尽。浓厚的文化含蕴，挥之不去的古之悠思，美好而特殊的感受，真是难以言传。

慢慢闲逛，不过几分钟就是岱宗坊。岱宗坊者，泰山之坊，泰山的大门也。自此进山，往上到红门斗母宫，盘道开始。岱宗坊东是道观王母池，西有佛院普照寺，皆幽妙之所在。

原来一进岱宗坊，脚下便是青石板的路，两旁古柏夹道，岱宗坊并无简小之嫌。后来石板掀了去，马路修进来，古柏也稀少了。但汽车还是不能从岱宗坊下穿过，只好把路修在两边，岱宗坊就舍在了马路中间，独独地在那儿。

岱宗坊东侧，一个饶有情趣的小公园在帮衬她，不要让她孤单。就在马路边，草坪就接着人行道，没有一点藩篱，弯弯的小径可以随时把疲惫的城市人引进园来。让悠闲和美丽，紧紧贴着喧嚣与浑浊：让他们歇息一会儿，清静一会儿，安宁一会儿。当你从马路上走进公园，立刻就会感到她对城市人的重要：悠悠草坪，婉转回廊，静静大石；看情人依偎呢喃，看老人下棋聊天．看母子依偎嬉戏；看藤萝垂垂，小桥飞檐，看湖石错落，小路蜿蜒……无论多么操劳沉重的心，在这里一定会轻松许多。

常于黄昏日下，依着岱庙古墙，走过仰圣小街，来这小园徜徉。或朋友相伴，或独自流连，柔和的天光，幽静的园圃，让你久久不忍离去。心被清洗着，烦恼远去，辛苦也洗净了。坐在藤萝架下，草坪石边，稍做的人生休息，想想你的生活，甚至想想生命……或者什么也不想，就这样空空地坐着，看蓝天白云飘走，看绿树青草茵茵，看鲜花般孩子少女。这样就够了，这是生命的享受——美好甚至奢侈的享受。

说她奢侈，一点也不过分，她在我们的生活中太少。这种吝啬，并非大自然与人生的吝啬，大自然总是每时每刻、无处不在、取之不尽地赐予着我们；人生也尽你随时享用，但我们总是没有时间，没有心思去享用！

因此，爱你的生命，爱你既有的生活；爱大自然，爱人类的一切艺术与文明，爱世间所有的美，才是你生活的必需。

暮色渐深方才离开。华灯已初上，岱庙的山门关了，愈显得深沉静谧。他安宁淡然，好像知道你不再顾及他，或根本不在乎你是否顾及他。他仍然和白天一样，那么不损不溢，无欲无求；与泰山一样，永远不会对世人要求什么，却乐意接受人们的寄托与期待，护佑你平安吉祥；他会施无穷无尽的爱给你，也承受人间一切苦难。

泰山与岱庙，一位慈祥的、胸怀无比宽大、又无所不知的沧桑老人，始终在那儿守候着你，等待着你。等你和他说话，永不失约。

2005 年 5 月 7 日

暑假图凉快，到海岛一位渔民朋友家小住几日。

朋友憨厚热情，用自己的木船接了我去。大嫂温和贤淑，做了一桌子新鲜的鱼宴候我。与朋友大碗对饮，与一家人说话聊天，就到了月上中天。吃完晚饭，大嫂早已收拾好两间干净屋子，床上竹席擦得清新，一条柔软的夹被，还有太阳和肥皂的香味儿。

后窗外就是山，海风吹过，树声草声婆婆娑娑，隐隐如诉。前窗是海，潮声涛声豁豁汩汩，阵阵如歌。躺在清凉的竹席上，心中万念俱空，只是枕着涛声酣然入梦。

记挂着绿岛的景色，次日早起，径自上山。山坡上石硬草软，海风摇得草儿婆娑，小树根于岩间，虽不茂盛，却极劲健。林中大石间，一群羊儿低头吃草，抬头"咩咩"，见人来了也无动于衷。

几回攀缘转折，但见脚下一片茂盛树林，寻了小径下去，真的是个苹果园。四周用铁丝网围了，沿着这森严的藩篱，好歹寻得园门。只见门旁赫然一块木牌，红漆写着几个大字："严禁入内，小心地枪！"

"地枪"是什么意思？或者也没在乎它的意思，径自蹚进了园子里。

太阳已经升高了，透过重叠的树叶，把他的光碎碎地撒在草地上。

风儿悄悄吹，草儿漫漫摇，那金色的光斑好像有了灵气，有了生命，在草地上流荡、游走、嬉戏。树叶也潇潇地婆娑，半生果子的涩涩清香就飘了下来。海风习习，高天朗朗，心里那份干净，要感谢这海岛的朋友。

不觉已入林深处。猝然一声断喝自上而下："小心地枪！"我赶紧抬头，循着声音，看见树冠上一个高高木架，木架上凛然坐着一位老人，白须白发，正定定地盯住我，目光犀利如箭："快出去吧！"

那简单冰冷的呵斥斩钉截铁，一字不多，一字不少。离我那么近，却又那么远，好像从天上传来。忽然之间，我就明白了"地枪"的意思！赶忙低头，回身，一步步小心走开，唯恐那地枪真的就响起来。

不知是因为路途方便，还是那淡淡的青果香、闪光的软草坪，或者是莫名的诱惑，我的散步总是往果园那边去，却不敢再进园里去。

五六天后的一个黄昏，我正在果园那边徘徊，突然听见"砰"的一声异响，紧接着是一阵凄厉的尖叫，人声立刻嘈杂混乱起来。——"地枪"！完全的下意识，脑子里顿时跳出了这两个字。

果然，没过一会儿，嘈杂的人声往园门这边来了。我不安地守在园门口：一个血迹斑斑的女人被人们抬着，跑出园门，奔下山去。

晚上吃饭时候，与朋友谈起这事，他说：那受伤的姑娘，是在给果树打药时误碰了机关。

"为什么安这种危险的东西？"我问。朋友没说话，只是默默吃饭。

不错，果子是需要看护，可一定要用如此危险的办法么？那血迹斑斑的身体，一直在我的眼前晃来晃去。此后，散步再也不往那边去，希望将那个身体永远忘却。

暑热褪去，我该走了。大哥大嫂一早就起来，忙这忙那准备送我，大嫂预备了一大包晒干的海产品。十几天来，这一家人给了我多少我以前不曾经历的，人间至诚至厚的爱与亲情。深深感受这份温暖，我一句话也说不出，心里只是一阵阵酸楚。

船开了，海岛又是一个乾坤朗朗的早晨。

"明年夏天还来？"朋友倚着舵问我。"还来。"我望着就要被山挡住的红瓦白墙。"娃儿们这就盼着呢！""我知道……"真希望明年的夏天快来，与这些天真可爱的孩子在一起，与朴实厚道的人们在一起，天天吃这清新美味的海岛饭菜，与他们叙说鸡黍桑麻、古往今来。 但又多么不愿再想起那果园，那血迹斑斑的身体！

"明年还是这时候来，城里热。"朋友泰然地吸着烟斗。我说："行！"

船走远了，岛上的景物也渐渐淡了，好看和不好看的，大的和小的，所有的一切都融成一体。不复清晰，不复鲜明，成了一座浑然的绿岛。心里的滋味，却万般莫明。

原载 1988 年第 3 期《散文》

那个秋天
不属于我

当秋天正盛，田野一片金黄、一片雪白、一片繁忙时；当山峦浓厚、土地丰满、果实充实时；当我深深依恋着她们时，我走了。悄悄地走了，悄悄离开了她们，离开了这块热土，离开了我所依恋的父老乡亲。

此刻秋阳暖暖、秋月融融，照见的：是我那颗贫瘠的心——充满着愧疚与寂寥。我没与大家告别。悄悄地离开了金灿灿的黄玉米、白花花的地瓜干、胖嘟嘟的花生果；离开了满山核桃栗子、苹果山楂……

在这个收获的季节，土地上尽是一身黄土与汗渍、满面倦容、没日没夜劳碌的男男女女。白日里一包煎饼、一罐咸菜、一壶开水，干到天早已大黑；夜晚睡不了多久，深更半夜才躺下，就到了黎明前该起的时候；得把一年的劳作收获回家，把一年的吃食用度收拾回家；接下来就是冬天，然后又是春天了……

这个丰硕劳碌的秋天，并不属于我。那些丰硕香甜的果实，也不属于我。我不能收获也无力参与，羞惭愧疚满心，只好远远逃离。离开我的所爱，回到我的污浊；回到城市，回到市侩尘嚣，烦恼孤独中去，回到半空的樊笼里去。

但整个夏天，我都与他们在一起。与他们共度暑热中的清凉，共享夏日的闲暇与快乐。与憨厚粗犷的汉子，与亲切热情的大嫂，与慈祥敦厚的老人；与朝气蓬勃的小伙儿、与羞涩素朴的姑娘、与质朴天真的孩子们；天天在一起。

坐在老槐树凉荫下聊天，听老人慢条斯理地拉家常、听汉子慷慨激昂陈词、听女人们喊喊喳喳悄悄话；或者门洞里拉一领草席，清风徐徐穿过，或躺或坐，喝茶说话；黄昏薄暮，牛羊下山，鸡鸭进栏；喂了猫狗，扫净天井，当院安下"地八仙"，与大叔大哥，一碗碗喝薯干酒，直喝得脸红心热，月上中天……

清早起来，趁着太阳不热上山。浓绿果园里，果实青青，蓬勃长大；石屋正在绿荫下，屋前葫芦南瓜、豆角葡萄架。你随便走进果园，主人赶紧冲了一壶大叶子茶，同你共坐阴凉下，慢慢喝茶聊天；渐渐晌午，烈日当空，主人便留下你吃饭：鸡窝里摸鸡蛋，园子里摘茄子豆角西红柿，不等你闻够那清香柴烟味，几样农家菜就端在了小桌上。

酒足饭饱，主人干活去，你只管躺在石屋"床"上，美美地一睡。石窗有山风簌簌过堂．好一个凉快舒爽！醒来时，太阳渐西，热气渐消；辞别了主人，山林间徜徉，坝子下洗澡；暮霭融融方才下山；与收工的姑娘们一路说笑；远远山下，村庄炊烟袅袅、鸡鸣犬吠、女人呼儿唤女……

山村的日子寂寞，除了年节过往、夏日暑热，农人从早到晚、一年到头地辛劳。何时电影队进村，便是他们的节日，一次难得的热闹与快乐。

这一天，个个早早收工，家家早早做饭。不等太阳落山，场院上就摆满了板凳座位。天刚傍黑，场院里就满了人：老人在前边，披着褂子，轻轻说话，慢慢抽烟；老奶奶低头纳鞋底，掐草帽辫；姑娘们找出来好衣裳，穿的花红柳绿，一簇簇窃窃说笑，眼角四处瞟；平常邋邋遢遢的后生，也干净整齐，笔挺挺站着，眼神只往姑娘堆里去；大嫂们收拾好家才能来，嘻嘻哈哈唠家常，一阵阵地哄然大笑；男人得滋滋稳稳喝完酒，来得最晚，专找后边人少的地方站，远远地抽着烟；小孩子满场院跑，满场院叫，在人空儿里钻来钻去，碰得大人直瞪眼……

总有一两个小时的热闹，电影才开演。场院里的说笑热闹依然。到底演的是什么，很少有人说得清楚。他们要的是高兴，要的是热闹，要的是乐儿……

悠闲夏天过去了，凉爽秋天来了。收获也来了，乡亲们的辛苦忙碌也来了；但，我却要走了。凉爽，也许只是我一个人的；收获与劳碌，是他们的。我不能分担他们辛苦，也不能分享他们的收获与他们的满足。我只能在心灵深处，默默祝贺他们的丰收与收获，默默对他们的辛苦劳累说一声：多多保重！这是我的无奈，虽依依不舍，到底还是离开。负疚惭愧，忐忑不安，情感纠葛胶着我。去留之间，是非之间，究竟如何定夺？

1989 年 6 月 6 日

悲伤平原

　　以往爱说"千里沃野""一马平川"，说的是平原广阔、肥沃膏腴。如果你今天看见河北的大平原，看见她的干涸尘土弥漫，也许才会知道"沃野""平川"的平原到底什么样。

　　满眼的尘土灰黄，满眼的尘霾，土地是黄的，房子是黄的，树和人也是黄的。火车跑几个小时，它都不会稍微改一改它的颜色模样，看不见一点干净的绿色，没有一点对丑陋尘土的遮掩，那满满的一派灰黄尘霾让人心伤。

　　雨，一年比一年少，河流塘坝越来越看见干涸。塘底只有杂草，不必说行船捕鱼，潮湿也那么稀少。如今，可以在河床水塘里放心地种庄稼，只要还有喝的水，不算太污浊浑黄，鱼腥味也不那么刺鼻，就算是好的日子。

　　空气中弥漫着飘飞的尘霾，地上房上早已厚厚一层，车辆驰过，风起一吹，人便在五里云雾中。尘土飘扬到各处，弥漫在各处，无论城镇村庄，家里院里，到处都是灰黄的尘土，脏黑的煤粉。树叶和庄稼一年到头都难见绿色。

　　大运河已经干了几十年，干硬的河底只余短短杂草，如果不是两岸的河堤，不是堤上早年的大柳，没有人民公社时的扬水站，你绝不会以为这曾经是一条大河。一条沟通南北，热闹繁华的京杭大运河！漕运通商，南北往来，流淌也繁华了一千四百多年……

如今她终于安静了，终于清闲了，终于可以尽情地休息了，没有人理睬。她就这样白白地躺着，白白躺在那儿。除去美好回忆，除去"南水北调"即将到来，她一无所用了。堤上原本茂盛的桃李杏树，曾经花海芳菲，硕果累累，如今早已没有，树桩也砍尽杀绝了。

大运河安静了，像是一具干瘪的木乃伊，没人为她掩饰死亡的悲哀和丑陋。

还有南来北往货物如山的大船么？还有进京返乡学子官宦们的客舟官船么？还有富贵人家的绣舟画船、少妇小姐的锦衣罗裳、低吟浅唱么？还有天津的小火轮、江浙的驳船，北方汉子的背纤号子，南国船家的斗笠乌篷么？还有杜十娘的百宝箱，杨三姐的碧玉镯，林小妹的金钗银钏么？

没有了，什么都没有了。只有河床空寂着，空寂在灰黄之中。

南水北调即将告竣工，南水即将灌入运河，然后层层加压，一直让它到达河南河北、山东北京，到达干旱的北方平原。可运河本来不是从北往南流的么？如今真的要倒流了么？

不光水要倒流，沙漠也来了，"扬尘""扬沙"和"沙尘暴"，如今成了家常便饭。沙漠在进逼京城。而且步步在向南，山东也不缺少。不光是远在塞外的沙漠，我们创造的雾霾也生机勃勃，与老百姓朝夕相处着。

运河干了，我们能用南水北调再次灌满，让她清流依旧；平原不光是黄，还有黑——钢铁煤炭电力化工蓬勃兴盛；那雾霾到底怎么办？每年增加 2000 万辆小汽车，北京城里 500 万辆还得增加！烧烤、炒菜、烟熏腊肉全都得禁止吗？

绝非仅此的悲伤。长江将成为第二个黄河吗？三江源头不仅水源缺少，流域内原始生态几乎破坏殆尽；那些涵养水源、维持生态的原始森林和湿地呢？珍稀濒危的野生动物和植物，能逃脱人类的杀戮吗？非洲的象牙与红木，够中国人用的吗？鲨鱼翅我们还得吃多少？

在这片土地上，再也没有被金钱遗忘的角落。为了富有，人类付出的必是生存的代价。

2010 年 9 月 15 日

这是蒲沟

子路至蒲沟——题记

一派荒黄山岭。

山包圆圆缓慢绵延，柏树黑黑瘦小零星，石片风化散落到处。青石山没有水脉，除了柏树、棘藜、花椒能活，什么也不长。盛夏雨水丰沛时，会有一层薄薄的草，春秋冬三季一片荒黄。

旧时用片石堆起的寨墙，已塌成一溜石头，高高低低依着山势走，下了山坡又上山顶。山顶上就有片石垒的屋框子，是烽火台，也是避难人的住处：石灶石床，安放灯盏的小墙洞。碎石的寨墙间，寨墙的碎石间，有时会有半截残碑，仔细辨认会有这般字样："某某年夷匪来扰，某某首倡筑寨于玉皇山，以御匪难……山坡遍植树木，以喻后世。"若不是匪难，山上莫非连瘦小柏树也没有？

《论语》说："子路至蒲沟。"

1 姑娘和小伙儿

蒲沟的姑娘长得好。细细腰身，鼓鼓胸脯，白白脸儿，圆圆腚儿；话音儿那么软，笑起来那么甜，眼神能进你的心。蒲沟的姑娘最能干，推磨压碾摊煎饼办饭，能洗能涮能缝能连，伺候鸡鸭鹅狗；下地上坡能挑能担，能锄镰能浇灌，既能做个好女人，又能把家担起一多半。

蒲沟的好姑娘嫁的男人都不好，或瘦小或丑陋，或愚钝或猥琐；最要命是懒惰，不能正经过日子，穷死，却嘴馋。走丈人的时候，整整促促的女婿座席大吃大喝，媳妇水灵明亮，伺候一桌子吃喝，躲在屋角和母亲包饺子悄悄说话，最后吃点剩菜剩饭。

蒲沟健壮能干的男人，娶的老婆都不好。或瘦弱或丑小，不是病病恹恹，就是好吃懒做。男人忙完地里再忙家，照料完孩子还得伺候老婆。蒲沟穷，又不是很穷。蒲沟人勤快，又不是很勤快。曾这样打听："闺女大了，心里想啥？"

"找个好婆家呗。""啥叫好？""不图漂亮英俊、殷实富裕，只要在外头干活。不用当干部做大事，民办教师就好，合同工临时工也行。吃饱穿暖就行。"她们，是下力下怕了，穷日子过怕了。

2 转亲，换亲

蒲沟姑娘最怕，最怕自家兄弟说不上媳妇，她们就惨了！为了给儿子娶媳妇，父母会用她们换，或者转一个媳妇来。蒲沟穷，外村的姑娘不来；这山区都穷，都难娶上媳妇；除了换亲转亲，几无办法。

转亲还好一点：甲家姑娘嫁乙家，乙家姑娘嫁丙家，丙家姑娘嫁甲家。三家就都有了媳妇，且不会伤风败俗，伦理倒错。但转亲不容易，三家都得觉着合适，都愿意才行。做成也难，只能靠天。

换亲容易：我家闺女嫁你家，你家闺女嫁我家。这样一来：妹妹成了内兄弟媳妇，或者嫂子；哥哥成了妹夫或姐夫。生了小孩更麻烦：哥哥是妹妹孩子的姑父，又是舅舅；妹妹是哥哥孩子的姑姑，又是舅母……这是什么样的伦理！伦理倒错，伤风败俗，亲戚不知多无序，手足不知多尴尬！

更何况非同辈人换亲，更何况上辈就是换亲！如何称呼？如何长幼尊卑？人伦无法维系，家人和亲戚关系混乱不堪！不敢想象：一个那么讲究伦理道德的民族与国度，居然被一个"穷"字逼到如此地步，如此的人伦败坏，道德无存！

3 腊月二十四，翠翠死了

站在村南山上四望，目力所及都是荒黄。漫漫丘陵间是极少山岭薄地，其间羊肠般细细小路蜿蜒，把一个个小村连接起来。不知道那点小土荒山，如何养活了这里的人们，让他们存活至今。这些贫穷至极的百姓，却能无怨无悔地劳作生息，祖祖辈辈生存繁衍在这里——艰难得几近不能的生存与繁衍！

就在腊月二十四那天，就要快过年了，翠翠居然就死了！

她才刚满 19 岁，年轻又漂亮，青春正盛风华正茂，秋天时才嫁到麻峪。翠翠腊月里回娘家，那脸色是灰沉沉的，神情是恍惚惚的，见人打个招呼，就低头走开。腊月二十四是年集，她去赶年集。

甭说是年集，平日的五天一集，就是山里人的节。甭说地里的收成都得拿到集上卖，也甭说过日子的东西都得集上买，就是什么事儿没有，也得去集上逛逛玩玩；看人，看热闹！大闺女最积极，其次是年轻媳妇小青年，再其次是中年娘儿们，最后是男人老人。一二十里山路，挎着担着推着不轻快，可不论多忙多累，除了天大的事，都得去走一遭儿，日子谁也错不了！想他们天明起来干活，天黑回来吃饭，天天如此，成年累月，怎么换换生活的滋味？怎么还不歇歇喘口气？

腊月年集多热闹！人山人海，男女老少，全乡人差不多都到齐！人挤人，人挨人，买东西看热闹，哪有人会注意翠翠？她一个人默默在人堆里转，买了糖葫芦，吃了爆米花；晌午了，饿了，又吃了俩肉包子；然后，一个人在集场西的河边上坐着……

太阳要落了，赶集的人都散了。翠翠站起身，走进供销社买了一瓶农药，然后往家走。然后坐在了路边，天快黑的时候，翠翠把农药喝了。

翠翠是蒲沟村有名的好姑娘，聪明又漂亮，懂理又勤快，人见人夸，人见人爱。可谁也不敢说："这闺女日后准能找个好婆家！"蒲沟人没有说这个的，只要她有兄弟，只要她的兄弟在家种地，没人会说这闺女能找个好女婿。

翠翠和本村一个俊小伙偷着好了两年，明明知道没好结果。那爱是完全绝望，完全没有未来的疯狂与绝望，因为翠翠有个哥哥。在蒲沟，有兄弟的姑娘没有谁不知道自己的未来是什么，不必等父母那句话。

今年秋后，翠翠给转到了麻峪，一个三十多岁半痴呆男人。那男人的妹妹转到王庄嫁给董家，董家的妹妹转来嫁给翠翠哥哥。翠翠的婆家穷得叮当响，三间破石头屋里只有一盘旧土炕，一个破桌子，两只缺腿的板凳。那男人几乎没有劳动能力，不仅不能撑家过日子，还禽兽般作践她。这暗无天日的日子，让翠翠眼前没有一丝亮光，心里没有一点盼头，往后的日子怎么过？

看着翠翠过的日子，她亲生父母怎么不帮帮她，救救她？怎么不给她一点希望，一条生路？不能。因为他们有儿子，他们要给儿子娶媳妇。这是他们的责任，这个家要过下去，要有人传宗接代。

可翠翠你也糊涂啊！你怎么能这么刚烈，怎么死得这么急？你哥哥的媳妇还没转过来呢！你这不是白死了？你又怎么能死在娘家！不光不能论个公道，父母还不得给你担干系，受累赘？

咱们的好翠翠啊！

4 大年初三走亲戚

从年三十到年初二，是礼仪的年。从初三到十五，甚至整个正月，是老百姓快乐的年。

从初三开始，女婿走丈人，晚辈串亲戚，亲朋故旧相聚……你就可着劲玩，可着劲乐，可着劲喝酒吧！天天，不是走亲戚就是来客人，天天有节目，天天吃肉喝酒！辛苦劳累了一年，不就歇歇这几天？

"过年"，就是打这儿来的。"年"，就是收成。干了一年，累了一年，穷了一年，到"年"才有收成，有了收成才有好东西吃，才得歇歇乐乐。那过去的"一年"，你的劳累艰辛穷苦，不都是为了这？

上午九点来钟的时候，温暖的太阳正好照亮山峪，照亮阡陌。山间羊肠小路上，就净是穿得干净整齐的爷们儿后生了：骑自行车，推独轮车，挑担子挎篓子；满满上尖的大篓子上，盖一条大红大绿新头巾；头巾下，当腰一块大肉，两条大鲤鱼，馍馍挂面；车子上，挂着两只大公鸡！明亮的阳光下，空旷的山野间，那些新崭崭的衣服，鲜亮亮的篓子，看着，就让人替他们舒坦！

到了地方，那热闹更让人心里热乎：天井里早安下了案板墩子，到处锅碗瓢盆；女人们出来进去，洗菜择菜切菜；厨子低头剁鸡剁肉剁排骨……让进屋里先沏茶敬烟，你喝茶抽烟的工夫，菜就齐全了：头鸡二鱼三丸子，大大的盘子大大的碗，一道一道就上满了大桌子："来吧！咱们喝酒吧！"

喝来喝去就喝多了。日薄西山时，你再看那乡间小路上，车子也骑不成了，走路也走不成了，东倒西歪，不光坐下歇歇，有的干脆就躺在路边睡着了！你瞅这风景，能不让人替他们心里痛快？

明天还是这样。山沟里的百姓一年到头就乐这么几天。那就让他们乐吧，让他们尽情地乐这几天吧！过了这几天，又是整整一年的劳累穷苦，又是300多天的寂寞无奈！这，就是蒲沟。

1986 年 3 月 3 日

太阳·化石·少女

风儿吹来了，太阳将息了。湖水，也安静了。山，你累了么？

满山都是化石的碎片，四亿五千万年前寒武世志留纪的沉积页岩，浸漫流淌着，好似历史懒散无意的挥洒。成叠成摞的石页到处裸露着，错落横陈着，是时光寂寥的积压。风霜雨雪早将这不须编纂的书页，打磨过无数遍，露着参差破损的边角，任人们随手抽出来翻看。

山坡上，不时飘来年轻人串串嬉笑。上山的时候，她们已像美丽的花蝴蝶一样，在灰黄的山坡上跑着，飞着，寻觅着三叶虫化石。轻盈鲜艳的裙子短衫，闪烁着青春光亮的皮肤身体上，仿佛是隐隐的一层轻霜。她们跳跃着，飘飞着，在柔黄的夕阳下，在苍黑的柏树间，在灰黄的山坡上。

古老的历史与新鲜的生命，永恒的太阳与短暂的青春，相互映照着，比对着。

此山名"发云"，山小且孤，低缓若岭，且土干气燥，不知如何会有云气生发。倒是这藏存万年的化石，才是这山的精灵：那晶莹如玉、生动如初的三叶虫们，好似一只只乳燕初学飞翔，微微凸起，印在粗糙的石页上。那片片石页又紧紧叠压，装成历史的简册，好好藏在这山陵的躯体里。

乡人说：下过雨后，才是捡燕子石的好时候。可哪里等得？任姑娘们在山坡上燕子般飞舞，我宁可在陡峭的山岩上一页页地翻。小心抽出石页，拂去淤着的泥土，再拿树叶嫩汁擦净，终于有了！几只暗玉色的三叶虫，正像小燕子在飞，另有介于动物与植物之间的水中生物，点缀其间。

正是她，那四五亿年前地球上最高级的生命形态——人类的祖先。

期望能辨识石片上所写的故事。但记录着历史的，不是篆籀，不是钟鼎，也不是甲骨；甚至不是新石器时代陶器上的刻画、洞穴人的绳结；都不是。那化石上的文字是活着的生命，是鲜活的生命铸成，将生命化成了不朽，伸向永恒。

她走过了数亿年，来到这里，想要告诉我们什么？我凝视着，凝视这些仿佛还活着的生命。神思离开了躯壳，向远古，去四面八方游荡。

手中所握的，正是我的祖先。但他不是高大威严的神明，而是天真活泼、纯洁自由、无忧无虑的小小生灵！我的祖先居然这般美好！哪里像今天的人类？愿她的逝去不是结束，不是消灭，而是生命与灵魂永生！多想与你亲近，多想与你交融！你我离得这么近，只在指掌之间；却又离得多远，居然数亿年！你早已永恒，而我还是凡庸的肉体。

这凡庸肉体。可否也能化作石头？

湖水西岸，独坐的山陵十分端正，它正在等待，等待每天一次的日落降临。等待他降临头顶，然后落卧在自己的襟怀里。望着他，深感着它的衰老与清贫，它的自尊和忠诚，也感受着它伟大的豁达与隐忍、永恒的超脱、恢宏的坦然。

那终古常新的辉煌时刻，就要到来了。那荒黄苍老的山陵，一座座，一层层，宁静地向远方推延，依次伺候着那坐着金马车的辉煌太阳，一路通过。我肃穆着，所有的心事与思虑，荡然无存。只余一颗清虚无物、无我无他的空灵之心，向那伟大庄严的坠落，向那从容温暖的接纳，行最神圣的注目礼。

他们，就要到来了。但那夕阳，还不肯落去。

少女们鸟儿般的欢笑与歌唱，还在墨绿色的柏林间飘弥。"叔叔您看，这是不是燕子石？"一个姑娘燕子般飘来。宝石蓝的软绸衫，雪白短裙，挺秀的身体结实紧绷着，无法掩那优柔如水的曲线。她象牙般洁白细腻的脸上，淡如远山的眉儿挑着，澄澈的眸子明亮着，圆润饱满的唇儿微张。柔长细嫩的手指间，正端着一块带着泥土的石片。

那石片是落照一般的金黄色，几只玉青色三叶虫铸在石片里，活像正在天空自由悠游的燕子。她们或振翅直飞，或怡然徜徉，或低头沉思。另有两只硕大健美的，偏偏深情地面面相对！翅膀热烈地扬起，颈儿探着，喙儿对着，好似正在倾诉无尽的柔情蜜意！

我愕然了，惊叹了。可否仰天长啸！眼前这少女，是一个多么新鲜美丽的生命，正流溢着青春的蓬勃神采与机力！而她脚下的山陵已经那么苍老，那么荒瘠，骨瘦嶙峋。她手中的化石正是五亿年前的生命！是强烈的对比？还是偶然的哲学观照？但无论如何，都是一种生命的完整、融溶与和谐。

同样晶莹如玉的身体，同样新鲜蓬勃的生命，同样如火如荼的热情，同样升飞的愿望与神姿——多么相似的生命景象！虽然时隔数亿年，却同样出生在这片土地，这片山陵。 .

"是燕子石吗？叔叔？"见我老是待着，姑娘又问了。

"是，是，姑娘，这便是燕子石了，还是珍品呢！"我忙说。

"真的？我找到燕子石了！"她高兴地跳跃起来，白皙柔嫩的小手捧着那沾满泥土的化石，一会儿放在胸口，一会儿又放在腮上："叔叔，您能告诉我燕子石是怎么回事吗？它是怎么形成的？"

我当然能告诉她。但面对这新鲜美丽的生命，我能板起面孔，做一副莫测高深样子，对她说："姑娘，四至六亿年前，我们脚下还是汪洋大海。那时的生物以海生无脊椎动物为主，最高级的便是三叶虫。奥陶纪时地壳开始上升，到了志留纪，大约四亿年前，我们脚下的陆地形成了。在地壳运动变化的时候，三叶虫和其他的动植物，就给压在了岩石中。以后又经过亿万年，岩石中的矿物质与这些生物相互填充交换，就逐渐形成了保持着它原来形状和印模的，被钙化了遗体，这就是化石。就是你手里拿着的，由于三叶虫的样子像小燕子，人们就称它燕子石。明白啦？"能吗？我能这样对她说吗？

或者再告诉她："三叶虫化石不仅有考古价值，还是很好的艺术品。你回去把它洗净擦干打磨好，再涂点核桃油，就更好看了。"

我究竟能告诉她什么？对这如花似玉的姑娘？告诉她太阳的永恒？告诉她历史悠远，青春短暂，生命易逝，流衍罔替？告诉她无限的时空与有限的生命，浩瀚的历史与渺小的个人——生命的实质？

放眼望沐浴在夕阳下的群山，屏心听脚下山陵的心声，细细摩挲化石凹凸，再看身边这春天般少女，我的胸膛里，滚过一阵闷雷般沉重的轰鸣。姑娘，你想过没有：你的生命从哪儿来？她包含着多少漫长沉重的时光、历史、人类艰辛？你的肩上又该负起怎样的义务与责任？姑娘，你可知道：这义务与责任，与你活着的身体一样，是无法也不容推卸的！

但终于，我什么也没说。只说："姑娘，带着它吧。这确实是一件珍贵的东西，回去放在你的书桌上，也放在你的心上！"

"放在心上吗？"她疑惑地问。黑亮的眼睛闪着，双手捧着那美妙绝伦的化石。

"放在心上。"我说。

正在这时，太阳落了。西天是一脉淡淡的紫罗兰色。往上一点，是含蓄的玫瑰红。再往上，是无际的白蓝色的苍穹。

姑娘们带着她们的收获下山去了。那铺满石片，染着暮色与秋光的山坡上，留下她们一串串动人心弦的青春欢笑。我伫立山顶，面对着西天。疏落的柏林渐渐黯淡了，却浑厚了许多。那"突怒偃蹇，负土而出"的沉积岩层，也模糊了，像是要沉沉睡去。湖水改变了白日里的空净，慢慢陷入了沉思。

我缓步下山。只待到明天一早。待明天一早，当那轮万古常新的金色太阳再御东天，她们，将再以热烈虔诚的爱，迎接新的希望。

原载 1989 年第 4 期《时代文学》

第五辑

稼穑田园

齐鲁年三十

1 过年了！

年三十早晨，天还不亮，家家户户就忙起来。

男人女人、屋里屋外；这个那个、千头万绪；忙得脚不沾地，忙得晕头转向！晌午，才匆匆往嘴里填口饭；一边吃一边扫净天井、抹净桌子；眼看就到贴春联的时候了！

雪白的糨糊用花红瓷盆盛了，胳肢窝里夹把新扎的笤帚；门上窗上墙上、箱上柜上笼上；炕头灶头圈头、屋里头门外头；全都贴上！红对联红福字红门心、乐门钱儿红公鸡；鲤鱼窗花，"吉庆有余"；"五谷丰登""六畜兴旺""出门见喜""迎福迎祥"……好了，都有了！都齐了！

男人扎着手，里里外外转一遭，上下左右看一遍。这才装上袋烟，深深吸一口：一点没落下。连猪圈鸡窝鸭舍、牛栏石磨牲口槽，到处都红火，都喜庆了！站定天井中央，直一直腰，长长出口气，悄悄对自己说："过年了。"

过年了！要过年了！红袄红裤红头巾，大红的闺女媳妇，大红绣花鞋虎头帽；走得大街小巷都是，晃得屋里天井都亮堂，还有那暖暖晒着的太阳。

男人一趟趟往屋里抱柴火，女人一把把往灶膛里添。你看那灶膛里的火，有多旺！蒸馒头，二斤白面一个；蒸福禄寿糕蒸面鱼，蒸红枣高庄花馒头；炖猪头煮下水，熬猪蹄冻；煨隔年菜，煮毛芋头；炸鱼炸肉炸丸子，炒花生炒瓜子炒栗子……这时你再摸摸里屋那炕，有多热！

还呛！到处都是炉子，泥的铁的，石头垫的；柴火麦秸棒子骨头，到处呼呼地烧，到处都是烟！还乱，乱得什么也找不着，什么也没处搁，乱的不知干什么好。

2 这个上午

胶东年三十的上午，村庄安静极了。山岭空旷了，天地空旷了，田野小路空空荡荡。是呀，该她们歇歇了。这一年她们太忙，直到这时，才能舒舒坦坦地歇息一会。看着宁静簌簌的村落，看村庄树丛上炊烟袅袅四起，替劳累了一年的乡亲们松了口气。

是该松口气了，一年过来了。春夏秋冬，早起晚睡；辛苦劳累、省吃俭用；这回可到头儿了。歇歇吧，挚爱的乡亲父老！好好过个年吧，劳苦的兄弟爷们！

可怎么能歇歇？这个年不得忙？来年不得盼？为了过个好年，为了米年兴旺，一进腊月，就把人忙得团团转。该买该干的，该筹备该置办的，该拾掇该洗涮的……多少活计都得在这儿收拢，多少今天和明天的事，都在这儿等着，不把个好人活活累死！直到此刻，才多少有了点头绪，才开始置办过年的吃食。

可能松口气么？过年的吃食岂是件简单事？多少规矩手续道道、多少说法品种花样，不得一样样干？一样样拾掇、一样样齐备？少了错了哪一样能行？直把人忙得脚不沾地、满头大汗、连口水也顾不上喝！忙得村里街上没个人影！

整个村落都闲得合眼打坐，洞悟禅机。柴火垛们静静地晒太阳，炊烟们四散上天，红对联们悄悄地笑着，等着……

3 这样的下午

胶东年三十的下午，忙死。

中国人过年的热闹隆重、礼仪繁多举世无双，只因她承载的东西太多，来得太不容易。三百六十天辛苦劳累，春夏秋冬汗水心血，一年到头肚子省俭，艰窘日子的期待苦盼，不都是为这个年？该吃的不吃——"留着过年吃吧"；该穿的不穿——"过年再穿吧"；该花的不花——"攒着过年吧"……

吃、穿、花费，都不舍得。就只剩下了一个字：干！起早贪黑地干，风里雨里、泥里水里地干，无休无止地干；哪有一点歇息闲暇？唯独可盼的，也只有一个字了：年！这回真要过年了，吃穿用全置办了。可他们还没干完，还没忙完！

也怨过年的界限太分明：腊月三十子夜前，是旧的；子时一到，是新的。旧的，必须在年这边了结清理完成；新的，一定要在这边筹办置备齐全。因此，这个年三十得多忙，便可想而知了。

得刷得洗，得清扫；得收拾得换新，得铺排；得烹炸煎炒，蒸煮煨炖……子时一到，就不能干活了。得用新的、吃好的、穿好的；得走亲戚，候客人，会朋友；得玩，得乐；将旧年以歇息，将新年以愿想。

要问年三十下午忙成什么样？现成就有句俗话："看你忙的，和年三十似的！"一年三百六十五天，哪一天能比年三十下午更忙？

4 胶东媳妇

胶东媳妇以勤劳贤惠著称，胶东男人以大丈夫气概著称，胶东的公婆素来讲长幼尊卑有序。可年三十这天，当家的不再是公婆丈夫，而是平日卑微的儿媳。整个一个"王熙凤协理宁国府"——大当家！此刻，公婆丈夫都乐意听媳妇支使：

"还干甚？"男人站在屋门口。"干甚？水缸满了不是！"

于是赶紧抄钩担拎水桶，挑的缸满罐溢——要一个"满"字！初一初二不能担水，水为财，担水是缺。不能倒垃圾出门，图个"积"。除切菜做饭，不可动用针线剪刀利器，以避"干戈"……

"还有啥活？"挑了水，男人又巴巴地瞅媳妇。"大门等请了年再扫？让祖宗夸你勤劳不是？"媳妇说，手里的活儿一点不停。

赶紧抄扫帚，院里门外、脊里旮旯掏个干净。屋里扫灰腊月二十七，是媳妇的事；年三十扫天井大门，是男人的事。扫灰者，"扫晦"也。女主内，扫去屋里一年的尘土晦气，新年要干干净净开始；男主外，扫净天井大门，盼来年肃静平安。

老公公从烟熏火燎的饭屋钻出来，站在堂屋门口等着媳妇吩咐。"爹，毛竿头煮好啦？""好啦。""花生栗子炒啦？""盛在篦子里。""那就炖隔年菜吧，我都拾掇在大盆里了。"

隔年菜，是过年最少不了的菜，又称"合和菜"。用鹅头鸭脚、猪蹄儿骨头汤；白菜海带黄豆芽、茄子眉豆干、外加粉条粉皮；一齐炖满满一大铁锅。文火慢慢煨烂，一锅倒在小瓮里；年下随吃随挖，直吃到正月十五。这道民间鲁菜品类繁多，口味丰富，荤素相济，意味深长。过年时肥甘厚腻吃多了，这样吃食最是相宜，无人不爱；且无须动刀火，不仅现成方便，也避去了"干戈"。其中更有意义深深：一、年年有余；二、万物和合；三、积旧为新。

婆婆嘘着手，自厨房托出个刚出锅的大馒头，给儿媳看："嫚儿，馒头笑开花了！""娘，面案上的'花儿'得上屉啦，发过了酸。"娘赶紧答应："嗳！""娘，年糕的面醒好了吗？"娘赶紧说："不软也不硬，你使的水正合适。"

媳妇这时忙什么呢？年下最大的事：置办供品。只有儿女双全的媳妇，才可办此大事。头鸡二鱼三丸子四肘子，外加凉菜水果，七盘八碗要齐全；要整齐、洁净、漂亮。你且看那只鸡吧：浑身金黄透亮，稳稳伏着，身上披鲜绿菠菜叶，菠菜根安一颗红山楂；冠子彤红，昂首挺胸，双翅微微扇起；那份规矩端正、那份神采飞扬，婆婆看着真服气！

日头还有两竿子高，缸里盆里罐里、筐里篮里柜里，都满满当当了。院里屋里也有秩序了，男人洗把手装袋烟，坐在当院"滋啦滋啦"抽着；女人洗了手挽起袖子，按着黑釉子盆"咕咚咕咚"和面，预备包饺子；小小子一趟一趟要爆仗，小妮子一遍一遍要新衣裳；爹妈一声声呵斥："去去去！看不见这儿忙的！"

收音机里"咿咿呀呀"唱山东梆子，鸡鸭鹅狗扯着嗓子叫唤，大肥猪把圈门拱得"怦怦"响……这个年三十，有多闹腾！多热火！

5 请年啦

日头还有一竿子，忙乱渐渐平息了，过年最隆重的仪式即将开始：上林请年去！

天井里，小孙子倚在爷爷身上，看爷爷将几把柏香、酒盅筷子锡壶，一样样装进篮子，将打好的纸钱拓成扇面。冲着儿子说："别忘了和兔羔子说，哪个坟是哪个祖宗。"儿子"唔"一声，"兔羔子"也大人样悄悄"唔"一声。

"别忘了在你六叔坟上烧刀纸，插上'雕轻'。十二岁滚长疴，痛了三天三夜零半后晌，哪个气咽得不易。"儿子又"唔"一声，叹口气。"兔羔子"也大人样"唔"一声，叹口气。

"大，还有甚事？""没。去吧！""兔羔子"刚要跟着他大走，又给奶奶喊住："小子，说说请来年怎着？""不能大声说话，不能骂人。""还有！""饺子破了不叫破，叫'挣'。打翻了东西叫'变'，对吧奶奶？""浑小子，去吧！"

林，即家族墓地，《说文》曰："平土有丛木曰林"。中国传统墓地依家族而聚，其间多植柏树，即民间以"林"代"墓地""坟地"的由来。

太阳将落山时，家中过年一切收拾妥当，男丁须上林请祖宗家来过年，曰"请年"，礼仪的年自此开始。初二下午，再以同样仪式送祖宗回林，曰"送年"，礼仪的年告结束。自初三开始，才走亲戚候客人、过娘家望丈人——热闹的年也开始了，直到正月十五乃至整个正月。

请年是男人的责任，也是一份荣耀。齐鲁后生的最初长大，有了男子汉身份，便是从跟随父兄上林请年开始。你看那初次上林的后生，个个气宇轩昂、扬眉吐气；见女孩子便添几分傲气，胸脯子使劲挺，步子大大迈，还眨眨眼睛冲她们笑！

太阳眼看要落山了。几乎在同时，所有大门一齐"呼呼啦啦"敞开。男人们立时走满大街小巷。长竹竿上卷着麻花似的鞭炮，后生们扛在肩上晃晃地扬；无数"雕轻"花红彩绿地晃，精神头儿好足！（"雕经"者，给祖宗骑马回家用的马鞭，一米来长光滑秫秸梢，或谷秸芝麻

秸，螺旋粘着彩色纸穗）

　　一路上，男人们相互招应，五服内相约相邀："走啊！还迟磨甚？""来啦！来啦！"隔墙吆喝隔街喊。五服外或外姓乡亲，则礼貌招呼："上林啊！""上林！""都预备好啦？""好啦！"不过一会儿，人群便涌满在村外山坡下。

　　淡淡的黄昏笼着灰黄的土地、开阔的坡岭。各家在自家祖坟前燃着纸钱，点着香火，浇奠行礼，然后插上雕轻。看看各家各处烧纸行礼完毕，主事的一声高喝："点着吧！"

　　后生们早就等着了，听见招呼，无数长杆子一齐扬了起来。千头鞭垂垂下地，小小子们争着点上。第一串鞭炮响了，清脆悦耳！然后是第二串，第三串……刹那间，震天的鞭炮声轰然成片，笼盖四野，震动天地！将林与林连起来，将村庄与村庄连起来，将齐鲁大地连了起来。如春雷遍地翻滚，如大海波浪滔天……这时，太阳恰好落下西山。天空和大地，立时有了苍茫。

　　震动天地的轰响，四处闪亮的白光，在空旷大地与寥廓天空间震荡起伏，连绵不息。没有人说话，个体消失了，融入了群体；群体也消失了，融入了天地浑一。

　　这是一种什么样的气息？是中华民族凝聚与繁衍之气，是无数普通却顽强的脊梁，在挺起这个民族。永不屈挠，永远坚挺！就在这平凡的土地上，就在这清贫艰难的农民间！

　　漫漫朦胧的黄土地上，雕轻一把把撒开。光滑白亮的秋秸秆，花红彩绿的纸穗，在暮色下显得多么安详，多么神采奕奕！

6 祭祀与敬天

祖先崇拜与祭祀，是中华民族几千年来最神圣的礼仪。正是她，构成了国家社稷与伦理道德的坚实基础，成为民族凝聚之心，维系着民族的繁衍、传承和稳定。为此，历代王朝皆将祖先祭祀，高置于皇权之上。在皇宫里，宗庙是至尊的建筑，祭祖是最隆重的礼仪；曲阜"三孔"中，最宏大的建筑群是孔庙，面积与辉煌数倍于孔府；在民间，供奉祖宗的祠堂，是村落最大最好的建筑；……

孔子曰："礼，与其奢也，宁俭。"说帝王祭祖的隆重，是说祖先的至高无上。说民间祭祖的简朴，则展示着她的核心根本。物质的吝少，让百姓省去了繁缛奢华的形式，更倾注在本心，还原其本义。如今民间祠堂尽已毁灭，过年的祖先供奉与祭祀习俗，就成了我们民族祖先崇拜的硕果仅存。

男丁们上林请年回来，长辈已将迎候祖宗的一切，预备停当。

柜里取出"家堂轴子"，挂在中堂。上列五代祖先牌位，于五进屋宇中；大门口花草树木，人丁往来，是潍坊杨家埠的木版年画。正屋八仙桌上摆好供品、红烛香炉、酒盏茶盅筷子。三捆黄草从大门直铺堂屋案前，是给祖宗喂马的草料；草间两根木棍是拴马桩，大门外横拦门棍，留祖宗在家过年……

男丁请年归来，长辈净了手，恭敬点燃蜡烛，拈三炷香就着蜡烛点着。率领全家，依尊卑长幼跪拜叩首，恭迎祭祀。虽然十分简朴，却万分肃穆、虔诚、恭敬。一时间，小小三间屋里，就平添了许多人：长辈祖先家来了，和我们一起过年了！无形之中，是一派丰富充满的精神世界！

这样的精神世界，绝非鸡鸭鱼肉可代可充，更非金钱财富可买。正是因为她，那丰盛的年货，那鸡鸭鱼肉、吃喝穿戴，才有了意义，才扎实丰厚生机勃勃！而时下城里过年的贫乏无味，恰恰是缺失了精神内容；而这种美好强大的精神，正是中华文明的源头！所谓传统节日，必来自传统与风俗；而失去了这些，也便无所谓节日，饺子"年夜饭"也不过一顿饭而已。哪里会有年的滋味？哪里会不虚空？

时下媒体称过年为"团聚"，实在毫无道理。团聚乃中秋主题，过年的主题则是祭祖敬天，收束四季，祈望来年；在外者归故土，祭祀行礼；又与团聚何干？又节日吃喝无非庆祝之义，"皮之不存，毛将焉附"。失去了风俗，又庆祝什么？只好就剩下买和吃了。

堂屋外，还有几处香火。

一处在院中，或石磨或小桌，安黄表纸叠就的"皇天后土十方万灵之位"；位前三小碟：水果、点心、水饺；三炷香，颂天地功德，求风调雨顺、五谷丰登、合家平安。这让我想起北京的天地坛，皇家祭祀天地，宏伟建筑、隆重排场是何等辉煌！虽民间简朴至此，但其义岂不与皇家祭祀一般无二？

另一处在大门口，左一炷香曰"驱恶"，右一炷香曰"避邪"，祭门神以求平安，同样与皇家贵胄毫无二致。第三处在锅台上，墙上贴灶王，是拙朴的杨家埠木版年画，鲜艳喜庆；下置大漆方盘，几样点心一炉香，求来年衣食丰足。

不过几炷香火，却满怀着百姓对美好生活的寄托与渴望。虚则虚矣，实则极实！人无论贫富贵贱，无不期待生活美好、温饱平安、通达顺畅。这许多的希望与寄托，乃百姓过年之大事。与祭祀同义，也远在"团圆饭"和吃喝玩乐之上！

是的，人们对精神生活的需求，是远在物质生活之上的。

7 天黑了

祭祖敬天完成，天正好黑了，各处都掌上了灯，香火在四处忽闪跳跃。屋里院中，到处都亮亮的，红红的，袅袅的。

里屋炕上，女人们嘻嘻哈哈包饺子；外间灶前，男人一边续火，一边恣悠悠地抽烟。男娃们跑出跑进，嘴里吃着东西，手上放着爆竹，踏得地下的黄草"忽啦忽啦"响；姑娘女娃凑在一堆儿，悄悄说话，咯咯大笑；老人舒舒坦坦躺在炕上，话匣子"吱吱啦啦"响……

你听听那些响声：欢笑声，说话声，喇叭唱戏声，柴火"噼啪"声，烟袋"滋啦"声……你嗅嗅那些滋味：肉味菜味，饺子味馍馍味，香火味蜡烛味，旱烟味柴烟味火药味……你再瞅瞅那光景：墙上新年画，玻璃有窗花，门口是对联；蜡烛香火电灯泡，大闺女小媳妇妮子们，花红柳绿新衣裳……

胶东的这个年三十，又香又甜又浓！又乱又闹又暖；红火死你！幸福死你！

"别净哈哈了，人家怕是包完啦！"男人催了。里间立时静了许多，"唰唰，唰唰"包饺子。

8 夜晚到来

胶东年三十的晚上，人太多。

刚包完饺子，盖好黄表纸，自家五服内的兄弟就来拜年了。你来我家，我去你家；围脖扎了腰上，棉帽子耳朵扇着；赶紧让了屋里："里屋！里屋！""上炕！上炕！"炕席炕桌早抹干净了，自家兄弟没客套，

"忽忽啦啦"脱鞋上炕，女人转眼端了菜来。男人早斟满了老白干儿："来来来！喝酒！""来来来！吃菜！"

自家人不拘礼，拾起筷子就吃，端起盅子就喝。鱼肉不少，却没人吃，专吃凉拌菜隔年菜，自笑自说："省吃俭用盼过年，连口肉舍不得吃。真过年了，又吃不下了！"有人喊了："给我个座位儿，这炕烙得慌！"草墩蒲团就上了炕。悠悠喝口酒，浅浅叨口菜，你一句我一句地聊天；说年景，说土地，说承包；说养猪喂羊，说给儿子盖屋定亲……炕热，脸也热；屋里热，心里更热！

正喝着，又来了一拨："喝着哪！""喝了一霎儿了！"早来的下炕穿鞋，腾出地方给新来的；新来的也不让，踢里扑棱脱鞋上炕；换了筷子上新菜，满上酒，捎带着问一句："再上哪去？""二叔家呗！""俺才把那儿来，屋里人满着哪！""那就上成柱家！"……

如此一晚，你来我往，家家坐坐，喝点酒聊会儿天；没有世故，不为什么，干净坦荡，真情温暖满满。这般的一走一坐，平日有个言差语错不快，借了过年，喝一喝，聊一聊，全都烟消云散"干戈化玉帛"了。

俗话说："过日子就是过的人，过年就是过的人！"正是生活与过年的真意。过节没有人、又没有情，你过什么？过吃喝过钱？恐怕不行。城里人过年的冷清，就因为这个。屋室厅堂富丽堂皇，吃喝穿用光彩夺目，干嘛过年寂寞冷清？吃了"年夜饭"看"春晚"，看了"春晚"就睡觉，年三十就算过完了。人们狠狠地说："这也叫过年？忙活一年到底是图啥！"看来，城里人也需要精神生活呀！

人的终极需求，无非是心情和精神，尤其节日。节日虽然不给你钱，但你也成天价盼，为了她能给生活的享受、心情的愉快。平常节日尚可用"旅游填充",但过年呢？人们为了爱钱财而抛弃了文化,过年就只好心里空空了。传统文化与习俗,却让乡下年丰满而厚重,在"物啬情丰"与"物阜情薄"面前,你到底要哪个?

"我说,今年先上谁家!"这是兄弟们商量给长辈拜年的事了。自己兄弟拜过年喝了酒,再吃了子时饺子,子夜一过,就该给自家长辈拜年了。其他拜年行礼,依远近厚薄,是初一初二的事。

"还用问?三爷爷家呗!"三爷爷是这个家族健在的最高长辈。

9 交子时新旧分年

趁着男人串门喝酒的工夫,女人赶紧歪一会儿。打过了腊月二十三,天天忙得脚不沾地,这会儿,真撑不住了。

快十二点时,男人回来了,瞅瞅里间炕上:"困啦?""咋困?等您呐!"听见男人的动静,女人一骨碌坐起来。

"下饺子吧,到时候啦。"男人说。抱了柴火添上锅,风箱"呱达呱达"拉起来,火苗窜出了灶膛,照得地下脸上通红。饺子者,交子也,交子时更年,取其声;饺子者,角子也,银钱也,取其形。

女人烧着锅,男人还有更要紧的事。将打好的纸钱,去院里院外一份份安放,用新蒸的大馒头压住纸角。纸钱馒头者,"钱粮"也,发给主管生灵的各方神仙,供他们一年吃食花费,以佑护世间生灵无灾无病、温饱有余。

"发钱粮喽!发喽!发喽!"跑在各处的孩子也回来了。大人一份份点着纸钱,男孩用木棍挑松了。待其燃尽,大人高举酒杯于头顶之上,画个半圆,恭恭敬敬浇奠地上。

女人高声招呼:"饺子好了!"捞两个饺子加半碗汤,碗上横了筷子，大小子双手端来。二小子挑起鞭炮，二人跟随父亲，到大门外十字路口。父亲点着纸钱，恭敬浇奠饺子汤，向西南先施一礼：敬远方祖先（据说祖先来自云南）；再向四方行礼，给无家可归的穷人游鬼："过年了，吃饺子吧！"

林语堂先生说："亲近人情的精神，是人类文化最高最合理的理想……近情，是中国贡献给世界最好的物事。"这个胶东年三十的夜晚，有多少亲近人情、温暖周全的礼节，敬奉了天地，祭祀着祖先，恭敬着万物；敬老爱幼，惜贫怜弱，乐善好施，方方面面无不周全！这是多少悲天悯人的爱心与慈悲，多少美好的愿望和期盼。这，就是"中国贡献给世界最好的物事"，是"人类文化最高的理想"！

第二碗饺子盛出来，供在祖宗灵前。第三碗饺子盛出来，男人才招呼："上炕吧，上炕吃饺子！"这便是真正意义上的年夜饭。

庄严肃穆的礼仪完成，屋里有了过年的欢腾。端饺子，抓筷子，脱鞋上炕，一家人团团坐下。简陋的农家屋里，立时充满了刚出锅饺子的热气和香味、充满着大人孩子的说声笑声。这种蓬勃热烈的年三十，如此的物盛情丰，城里可有？

"爹！爹！我这饺子里有铜钱儿！""好小子！今年咱家数你有福气！考中专还是考大学？""不考，当专业户！""哈哈！孩儿他娘，敞开窗吧，热！"窗户一开，冬夜喷香的凉气溜了进来。

春天，就要来了。

10 拜年啦

乍穿新衣裳，男人扭扭捏捏浑身不舒服。女人给拍拍抻抻，拨一圈儿看看："行啦。去吧！走吧！"

吃了子夜饺子，就是大年初一。这头一件事，就是给自家长辈拜年，在供奉的"家堂"前行礼。漆黑的村街巷子里，立时走满了穿得干干净净、板板正正的男人。

　　三爷爷家供着祖宗的堂屋里，蜡烛格外明亮，香烟格外抖擞。老人家坐在里间热炕上，媳妇照料着，等待晚辈们行礼。来者多兄弟结伴，少者二三，多者五六，一伙接着一伙，川流不息。进得屋来，就"呼啦啦"在家堂前黄草上跪下，一边叩头一边高呼："给太爷爷叩头——！"

　　声音虽不清脆，也不整齐。但那粗犷与混沌，显得那么浑厚深沉、旷远绵长，仿佛历史在回响。接着是："给老爷爷叩头——！"袅袅的香烟回应着他们。"给三爷爷叩头——！"

　　声音一落，里屋的三爷爷便响亮一声："不惜叩啦！"是还礼。

　　安详安慰的神色在老人脸上，蔼蔼地笑让大家："屋里喝茶吧！"晚辈们赶紧齐声答应："不啦！您老歇着吧！"回头看一眼桌上的供养，低头拍拍膝上的黄草，"呼呼啦啦"又往另一家去了。

　　紧接着又是一拨儿，"呼啦啦"进来，"呼啦啦"跪下磕头行礼。"呼呼啦啦"拍打膝上黄草，"呼呼啦啦"又出门去了。如此大半夜，向祖宗老人一一行过礼，礼数方告完成。

　　过了两点，才是他们自己的时间。后生们聚在一处打扑克；老兄弟不论哪家热炕上坐下，筛壶老白干，慢慢喝一盅；老人躺着歇息，小孩子到处放鞭炮；大闺女小媳妇凑在一处，嗑瓜子剥花生吃麦芽糖；妇女老婆婆，在炕上讲故事，斗戏法儿……一直过了五更。

　　"熬五更""守岁"者，守住岁月时光，不令匆匆离去。

　　"在这儿喝点酒吧！"三爷爷留我。

久未回家，三爷爷留我说说话，是给我的特殊优遇。我喜不自禁，赶紧脱鞋上炕——这个年三十，让我把城里的客套全都扔了。三奶奶端来了四样小菜，坐在炕梢上，慈爱地望着我。灯不太亮，四壁也黑乌乌的，但这热炕却暖极了。

爆竹还远近零星地响。"咱乡下没有好的，随便吃点吧！"三爷爷斟了酒："多年不回来，还看得惯？""看得惯！看得惯！"我忙不迭地回应。城里的情景立时浮现出来：奢华的排场，礼貌的客套，隐藏着内心的冰冷隔膜；"高涨的盛情"里，是种种利益的心。眼前这些，正透视着他们：用简陋的农家屋蔑视着富丽堂皇、酒绿灯红；用真诚素朴的心，睥睨着山珍海味、人情浇薄、人心叵测。

我的心被烘得滚热，滚热……这至诚至亲，至醇至厚的人间暖流，刹那间将整个胶东年三十融为一体！

"你离家时还小，也许记不得，咱家过年和城里不一样是不是？"三爷爷人很旷达，善解人意。怕我不明白，又说："过年供养老人也没别的意思，兄弟爷们平时有个言差语错，一棵韭菜半棵葱的不滑快，过年在老人跟前叩个头，什么事就都过去了！再说了，兄弟爷们那点不快，有几个是杀父之仇？无非就是个面子，就是个顺心不顺心。非得说个过来过去、论个是非里表，又有什么用处？趁着过年，走动走动、来往来往，不就什么事都没了？"

我赶紧答应："是！是！"三爷爷说得真好！真好的人生道理，真好的乡情民俗！"哟，快三点了！孩子，家去歇着吧，累了！"三爷爷怕我不习惯。"三爷爷，我不困。咱家不是熬五更么？"我不愿意走。"不熬不熬！我也睡，咱们明天再说话！"三爷爷起身催我。说"不熬"是假，三爷爷是疼我，怕我乏了。

村街上，仍有人来人往；鞭炮，仍然这里那里地响；各家各户的门户依然大开，各处灯火依然通明……

这样的胶东年三十，能说不是人间天上？

1991 年 2 月 30 日

　　这老太是个乡下老太，鲁中山区最普通的乡下老太，七十多岁，驼背干瘦，大脸小脚。老太太背驼得厉害，90度也多，背高脸就低，耳朵到了肩膀下边。小脚三寸多，背驼身子就前倾，为保持重心脚尖更往上翘，只脚后跟着地。总是鞋后跟穿烂了，鞋尖还是新的。

　　老太太瘦，瘦得浑身没一点肉，只有皱老的皮包着骨头。吃得也太少，有肉有鱼有鸡，炒了煎了炸了，老头喝酒吃肉，她一动也不动。说："这死老头子，没有不吃的东西，死猫烂狗也不嫌！"老头的观点完全不同，只管嘿嘿儿笑："但凡能吃的物儿，人都得用，要不白活一回？"荤菜老太太一口不吃，剥棵葱，就着咸菜吃个煎饼，再喝碗白开水，就是一顿饭。

　　舍不得吃？老太最是大方人。虽不富裕，老头儿走四乡锢锅锔碗，修锁配钥匙，收入不多却衣食足够。家里总有蒸下的馍，买下的菜，儿子媳妇、孙子孙媳、闺女外孙，随来随吃。不光孩子家来吃东西老太太高兴，就是要饭的，老太不光给东西吃，还得给端碗开水。

　　老太太说："有东西就是给人吃的，都来吃才好，自己吃了算啥？"这是她的人生观。

　　老太又老又瘦脚又小，看样一阵小风就能刮倒。可老太精神头大，早晨四五点就起，撒开鸡，喂了猪，扫了天井，然后烧水炒菜做饭。老头吃了饭赶集走了，她东家走，西家去，两只小脚一天不闲着，直到晚上十一二点才睡觉。白天闲着时可就犯困，把头窝在怀里打个盹，听见有人来，精神头儿又来了。

这老太腿不闲着，嘴更不闲着。无论邻舍百家，侄媳孙媳，孩儿生日娘满月，谁家有事也离不了她。评事说理，出谋划策，消解矛盾，沟通误会，教晚辈相夫教子，持家睦邻……这些本事老太无所不能，这方面的才华能力水平，堪称中国之最，世界第一！

老太对世态人情看得透，说得清，把握也准。而且表达精确透彻，简洁明了，这让我佩服得五体投地！我是作家，工作就是研究人，研究社会人生，可听了她老人家说话谈吐，我再也不敢称作家了，再也不敢说懂得什么，只有洗耳恭听，言听计从，奉若神明！我爱到那偏远山村去，主要就是为这个。

老太太一个字不识，可文化深。不是一般的深，是太深。

自从解放区称"上识字班"为"学文化"，几十年来，一直以为上过学的人就是"有文化"，却不明白："文化"比"上学"不知道要大多少！《词源》说："文化，指人类社会发展过程中所创造的全部物质财富和精神财富，也特指社会意识形态。"因此，但凡人文精神所到之处，无不是文化的范畴。她渗透于生活的方方面面：衣食住行、言谈举止、礼仪尊卑、园林亭榭、器物用度、人情往来等等一切，无不在文化的范畴之中。专业知识、大学文凭不过一鳞一爪而已。

在农村，传统文化一直以心口相传的方式传承着，道德伦理、礼仪风俗、行为规范乃至精神信仰因此遍及民间。浅薄者不明白她的文化意义，但社会和百姓生活离不开她们。经过千百年锤炼，这些口头传承的文明，其真理性与古圣先贤的遗训已一般无二。其俚语俗谚，老人之言，无不是参透世事人生，简洁精到的人生哲理。这老太，正是此中精粹。

她一生留心于此，聪明于此，也精到于此，为乡里四邻传递着朴实的哲理，告诉晚辈如何处世为人，明白真假善恶，懂得和睦谦让。我常说：这老太的话"句句是真理，字字皆珠玑"！老人心明眼亮、洞察幽微、朴素的世界观方法论，并不逊于哲学家。以她的这般水平境界，最好去北京大学开专题讲座，取些《人际关系学》《生活学》《家庭学》之类的题目，只管即兴侃侃而谈，精彩的演讲定会震动四座！

但老太太这份造诣，却像是埋在土里的狗头金，沉在水底的千年龟：土太厚，水太深，难得被人发现。她的光华与温暖，也只能惠及她的儿媳侄媳孙媳，以及邻舍百家了。

村里但凡夫妻打架、婆媳不和、妯娌相争、子孙不肖、兄弟反目、邻里不睦，都要找她说道说道。老太无不热心，无不秉公执法，论列是非，分派不是，化干戈为玉帛。邻舍百家娶媳妇嫁闺女、小娃挂锁、有灾有病，更是必不可少的主角，颠颠小脚跑得那个快，就甭提！

俺大爷爱说一句话："瞅你大娘，整天忙得和'地方'似的！""地方"，保甲长是也。

俺大爷早起，拾掇完地里活，炒菜喝酒吃俩馍馍，推着破车子就下乡。傍黑天家来，喝茶喝酒，吃完饭就上炕睡觉。除去老头早晚两顿饭，一天的工夫都是老太太的，就这样还得忙到半夜。老太太家来坐下，我就愿意逗她："大娘，又行好去啦！"她就"咄"的一声："去！行啥好？有事还不办了！"

你夸她行好不行，她自己说才行。那回闲空里和老太太聊天，她就说了："俺大儿包了一大片果园，小儿在外头，还有好几个孙子，俺在家里多行点好，还不是为了他们！"你听听，说出实话来了！我又逗她："弄了半天，你是图老了儿孙好孝顺你啊！"

这话老太最不爱听："图他们孝顺？他们好好过日子就行！你大爷还能混，不愁没的吃，做下几身衣裳，老了'嘎噔'一声死了拉倒！"你听这话多脆生！一、行好是为了儿孙；二、绝不劳烦儿孙；三、活着是为子孙后代。

这是她的人生观，也正是中国传统文化的人生观：延续子孙，延续后人，延续中华民族。

说话只提儿孙，不提闺女孙女——这老太最重男轻女！老太太的力气心思都在儿孙身上，吃的喝的花的都给儿孙留着、给儿媳孙媳留着，吃多少都不疼，累多少都愿意。大儿子五十多岁了，一天忙到晚轻易不家来，一进大门就是孩子般一声高喊："娘！吃饭啊！"儿子坐下歇着喝茶，老太太脚不沾地拾掇饭，不一会儿好吃好喝就满了桌子。儿子狼吞虎咽吃饭，老太太紧守着端详，心疼地嘱咐："也不说歇歇着干，瞅瞅累的！"

小儿子是老生，疼得心头肉一样。城里上班几个月不回家，只要回来，不是生病就是心烦。家来就神仙般供着，吃喝冷暖起居，样样伺候无微不至，让人眼馋。心里盼儿子多住一天，可只要儿子说声走，再不拦着。

老太还有仨闺女，正是孩子长大家里最忙的时候。可不论多忙，也要回来看她娘，吃的喝的用的全带来。放下东西，水也顾不上喝一口，就脚不沾地给她娘干这干那，唯恐漏下一点活。眼看着该走了，也饿得撑不住，吃个煎饼咸菜，喝口开水就走。老太太整天说："俺全靠这仨闺女了！"你听听，这是什么话？

儿子不家来干活照应，却吃好的喝好的；全靠闺女家来干活，吃煎饼就咸菜还是站着！我赶紧乘机揭露她："你满心都是儿子孙子，干什么都不靠儿子，为什么要靠闺女？"这回说到了痛处。老太"呸"地一声痛斥过来："你甭和我吊猴儿！我还能听了你的？闺女是闺女，儿是儿，闺女再孝顺也是闺女，儿再不孝顺也是儿。老百姓过得啥？不就是过一辈子的人？没儿没孙能行？不靠儿孙靠谁，靠闺女行吗？"

这回又叫我抓住了："大娘，不对呀！刚说全靠闺女，这又说不靠闺女，到底是靠还是不靠？"智者千虑必有一失，老太太这回叫我逮了个正着，脸都憋黄了："你这个吊猴儿！甭和我转，这是天理！谁也甭想改了！"你听听：天理不能动，可到底还得靠闺女！

还有更不讲理的。老太太仨孙子，最小的也二十多了，仨大小伙子看着让人喜，也让人愁：仨小子盖房定亲娶媳妇得多少钱？庄稼人土里刨食，一年辛苦到头不过混个年吃年穿，哪有节余？这不得把我大哥愁死？这就又到了我说话的时候了："孩子大了，让他们自力更生奋斗创业，锻炼好了，才能顶门立户过日子！"

其实，哪有我说的份儿？一句话把老太太点着了："去！一边去！你怎么说得这么好听？生了儿子就得养，养大了就得给他娶媳妇盖屋，这规矩谁也改不了。你想不管？没门儿！"

"那不得把俺大哥累死？你老人家不是最疼儿子吗？"我故意惹逗她。"累死也得累！那没法儿，谁叫他养儿来？"这又是传统民俗：生儿子就得疼，就得给他娶媳妇盖屋；儿子再生儿子，也得疼，也得给他娶媳妇盖屋；我们就是这样一辈辈过来的。

老太还不让我："你甭跟着瞎掺和，没有累死的人！也没有过不去的难关！等他娶了儿媳妇抱上孙子，他乐着呢！"传宗接代，子孙繁衍，"一辈子的人"——正是人类延续的根本，正是人本的核心。

"你也甭说什么锻炼不锻炼！"老太还记着我的仇，"树大自直！给他盖下屋娶下媳妇，让他自己过日子去，看他成器不成器。你就甭替俺瞎操心，回屋念你的书去吧！不当吃不当喝的！"你说这老太厉害不厉害！

老太太除大是大非立场坚定，绝不随波逐流，到处都好得没法说。

我在西堂屋写东西，一写十几天，把个老太太可急坏了。一到吃饭就嘟哝："瞅瞅你这是受的什么罪吧！不把身子累坏了？咱往后可不干这个了。上坡干点活儿，看看天看看地，家来吃饭也香啊！"——是疼爱，也是最朴实的世界观、人生观。

那回说得更好："就说你们这些人，整天抱着书本夹着书包，念些书干啥？不把脑子都累坏了？看看俺那些侄儿，种地起石头，又能吃又能干，有儿有女，盖的屋又高又大，不比你这些人强？书本子是能吃啊，还是能喝？'千方百计，不如搬坷垃种地'！"

老太这话说到了点子上，其实这正是人类生存的根本，像老子的"小国寡民"。干活吃饭、生儿育女、传宗接代是人类的本分。而财富科技之类，不仅可有可无，过分追求还会伤害人类自己。如今为财富功名，人们掠夺资源破坏自然，竭泽而渔，把空气水源土地食品都污染，基本生存也面临危机……岂不正是老太太此话的言外之意？

人的欲望每增一分，对自身伤害亦增一分，当欲望发展到极端，生存将不再可能。老人的话像"小国寡民"一样，是洞悉了人生世事后的真知灼见，在为愚蠢贪婪的人们预警。

说归说做归做，老太的小儿子因为跟了我，也以念书为业了。为了供儿子念书，两位老人朝夕劳作，省吃俭用，罄其所有。寒假儿子在家复习考试，夜夜守着炉子看书，老太夜夜陪伴，添煤、添水、勾炉子，一直到夜半。儿子毕了业，当了技术员，又当了工程师，又当了队长主任，成了小山村的一号人物。

乡亲们说：这是老太行好行来的。老太听着心里乐，举止言谈却若无其事，嘴还硬："念书有什么好处？累死个人！他干的那点事，俺压根也没看在眼里去！他混得好是他的，咱混咱的，过咱的日子，和他搭什么腔？行什么好来？不就是乡里乡亲帮点忙？算啥！"

这又是一份人生观，一份价值观，一份生活哲学。

古人说"达则兼济天下，穷则独善其身"。老人家并无显达，却能兼济乡里；不可谓不穷，但并不独善其身。她以其善良热心，以其超人的智慧，洞达世事人生，加之诚恳言行，把自己的一切都献给了她的子孙，她的乡亲邻里。这，就是一个普通乡下老太的人生。

老太今年七十八岁了，终日操劳也没灾没病，只是更弱了。她每天那么忙那么累，睡觉少，吃得少，虚弱是必然。但愿她老人家今后能多吃点东西，多休息，早晚喝个鸡蛋，长长地活下去，好给她的子孙后代，给她的乡亲邻里更多的恩惠。祈祷！

1995 年 7 月 14 日

我大哥

　　我大哥不是我亲大哥，是我山里的朋友。还是 80 年代中期，我第一次到山里去，我俩一见如故，三十年来一直情同手足，把他当成了亲大哥。

　　我大哥家人口多，一个老婆仨儿子。地也多，北坡两大片棒子，南洼好几片地瓜；西岭包了半爿荒山，栽了百十棵苹果山楂石榴梨，地里还有大葱栝楼，岭脚下是菜园；有粮有菜有果还不算，又伙了人包了南山果园，果树刚栽上还小，地不能闲着，树下种西瓜种甜瓜种豆角；屋后的山也归他看管，柏树枝子再多也没空儿掐，几十棵核桃不等熟，就让放羊的娃子们打着吃了；山坡上百多棵花椒正好在伏天熟，红亮亮的花椒叫绿叶衬着，那叫一个好看！家里还喂了三百只鸡，栏里又有六七只大绵羊，今年就能下羔……

　　村里人都说我大哥揽护得多，一手按不住两只鳖，手大遮不住天。一点也不错，一个干巴瘦的半罗锅，瘦得前心贴后心，不高的小个儿除了骨头和一点精肉，什么也没有，你说你揽护得过来吗？不得把你累死？

　　这就是命了，整个一个下力的命！除了爱干活爱下力，什么也不爱，挣钱富家，吃喝玩乐的心思没一点儿。

除了娶媳妇时盖的三间石头屋，一张破桌子，两把破椅子，一张破床，什么也没有，全家一堆儿坐下吃饭小板凳都不够。空旷的院子也利利索索，除了一盘泥灶破风箱，光溜溜的啥也没有。乱石头堆起的半截院墙，留了个空儿就算大门，白天夜晚任人出入……

我大哥所有的：就是天不亮就起，干到半夜三更家来睡觉，每天睡眠不过四五个钟头。一年到头的饭都是煎饼豆角熬南瓜，三块钱一斤黄大茶，一毛钱一盒烟卷。看着他那精瘦的身子半弓的腰，我就发愁，可只要我一提这个，他就满不在乎地说："不咋的！这腰打小就这样，娘胎里带的。寻思过去咱受的罪、弯的腰、挨的没脸，这不是在天上了么！"

就这样的身子骨，那精神头儿却没有一时一刻不足。

他好和我提过去，说是有多么的苦，多么的挨欺负受歧视。我就说："过去的事就算了，老提它干嘛？"开始他不吱声，后来忍不住了："你老不让我提以前的事，那些事儿能忘？我现在爱说这个，是说咱能有今天，我知足，心里舒坦，爱干！"

我嫌他揽护得多，一是怕他一只手按不住两只鳖，顾此失彼，哪样也干不好；二是怕他太累，积劳成疾活不长。

那天，他领我到西岭看那片公坟地。坟是早年的，几乎没有了正头香主，村里和他商量，想叫他把这块地承包了种上树，树木成材每年交个百把二百的，比闲着强。

"你说能行不？我算算能栽一千来棵树，三四年后当檩棒每棵最少卖十块。"我说："当然行！""可有两件事不好弄。"大哥说，"一是咱占多了地人家眼热，乡里乡亲，长了怕不滑快；二是怕看不住，往年村里也栽过，不等长大就败坏净了。"

叫他一说，我也觉得多一事不如少一事。找人合伙小苗子也未必看得住，成了材也难免被偷伐。村庄不大，本乡本土，乡亲邻里关系要紧，过于争强好胜，民风不喜欢。

坐在柿子树下的沙岭上，沙和土都那么干净，我干脆躺下了，拉了一块石片枕着，挺舒服。城里人时下也会说"接地气"了，如此这般的接地气，荣华富贵也不换，城里人的叶公好龙可能模仿万一？

大哥脱下一只鞋垫在腚底下坐着，点着了卷烟："我揽护的是多点儿，可我这么盘算：春天种上地就有工夫了，西岭的树还小，用不着管理；北山就在屋后头，那几棵核桃花椒用不着管，也值不了几个钱；南山上种了瓜豆也不用管，几只羊抽空放放就行；眼下粮食贱，把粮食喂成鸡，秋后下了蛋，明年能收入三四千块。喂鸡不用正经功夫，攒的粪上地就够了，还怕它化肥涨钱？"

听着他这一番盘算，我心里也踏实了不少。大哥他把一年的功夫，全身的力气，筹划得一点闲空儿也没有：春天种地，夏天种瓜；夜里看瓜，白天种园放羊喂猪；秋天切完地瓜干收了玉米，冬天打石头，预备给儿子盖屋娶媳妇；过了年初三推土垫栏，把粪往地里推……

俗话说"人算不如天算"。今年春上，他贪图孵小鸡挣上几百，几个月工夫下来，不光在鸡屋子里把人沤得像个鬼，生场病吃了十几付中药，还把地里一春一夏的青菜都耽误了。

晚上，俺哥俩在当院里喝了酒，吃完饭，大嫂去南山看瓜了，哥俩拉领苫子，去大门外小场院上凉快。他提茶壶暖壶，我拿着茶碗，搁在碌碡上沏好茶，我就躺下了。场院光溜溜的干净，比席梦思不知养人多少。

这是全村最高的地方，远处看几乎是半山腰。晚风顺着山坡从东边吹过来，场院边的小树婆婆娑娑，头上是月亮，天是钢蓝色。南山不远，看得见柏树参差，坝子下边，浓厚的地瓜秧墨绿墨绿地浮着月光。

"明年不能再孵鸡了，太伤人，还耽误种菜。"我说。"这个听你的。"大哥这回心服口服了，"你在外面听见的事多，再帮我参谋参谋，村里想让我用地换南山果园，你说行不？"

"我看不换也罢。种果树挣两个钱自然不错，可民以食为天，过两年要是果品过剩价格下跌，再有个灾病，不仅钱挣不着，粮食也落空了。有粮有菜再喂着鸡，即使富裕不了，温饱花用是实在的。"我实在是怕他太劳累。

"这么说也依你，不换就不换。"在决策大事时，大哥总要商量我，"二小子出去干活的事，你还得紧着点儿。见他哥出去了，成天和我闹，任啥活也不想干。"

我那么钟爱这宁静安详的山乡，可山里的年轻人没有一个不想往城里去。"钱不多也去！"——你听听！

那时候，山里的年轻人向往城市像是向往天堂，又像遥望天堂。可除了煤矿下井，建筑工地打工，电子工厂流水线，背井离乡的年轻人，哪能找份正经工作？到底图的是什么？

"图欢乐呗！"他们说。他们企望新生活的欲望太强烈了，哪怕受苦受累，漂泊伶仃。

"咱家既没钱又没屋，你大侄儿的媳妇怎么说上的？不就是图他叔在外头，能给他找个活儿干？这两天，听说你给老二找活儿，说媒的一个接一个。村里多少后生有钱也有屋，三十多了还说不上媳妇，为啥？"

"城里其实没什么好的，你就是穷要面子。"我说。"不错。大哥我就是爱要面子。人不要面子要啥？头几年村里谁看得起咱？现如今谁不高看咱一眼？管那个干啥？咱有两房儿媳妇啦！"说着就"哈哈"地笑起来。我知道：那是他的心在笑。那笑，是对他所有辛苦劳累节衣缩食的报答。有了这些，他就够了。

"老二走了，小三才上中学，家里的活谁帮你干？你不得累死？光看有两房儿媳妇，让人家羡慕你，高看你一眼。两房儿媳妇就得两位宅子，还有定亲彩礼，不得把你的命要了？"

"要不了！要不了！"大哥赶紧大声地笑着说，"人活着不就是图儿女？当老的不就该为儿女操持？别看我这把骨头不多，我干得了！你有本事就快让他出去。他走了，我都干！都干了！"

此刻，他的脸正朝着月亮。我看见，也听见了他脸上和心里的振奋、满足和自信——全然没有自己。也看见了他脸上愈深的皱纹，那精瘦的身子更弓了些。

他才四十三岁。

小桥的右边

　　一孔小石桥，几条石板铺就，每天进来出去都是它。

　　小桥的右边，一条递次而上的山溪，给绿郁的樱桃树笼盖着。谷雨时候，鲜嫩的绿叶间，就缀满了红宝石般晶莹闪亮的樱桃。夏日雨后，溪流湍激，"豁豁汩汩"而下，叮咚作响。虬曲龙蟠似的樱桃枝干，长长地探进了小溪，将溪流满满地遮着，有如绿色的廊厦，只留了太阳的光斑在跳动的水上点闪。王羲之说："在山阴道上行，如在画中游！"

　　这是一条属于我的小溪，正在我的屋侧。不是农忙，踏过小桥的几乎只我一个人；而光顾这小溪的，永远都是我一个；所以我就将她称为"我的"。炎炎夏日。洗澡纳凉、浣衣玩耍都是她，任我尽情享用！

　　溪宽不过两米，虽不宽阔，落差却大。落差虽大，却毫不张狂，一味地嬉笑着、打闹着、奔跑着；从大石之间，从斜石之上，急急奔跑下来；到了平缓处，便积成一小小清潭；在这里歇息一会儿，安静一会儿，又往下去了。樱桃树下，静静清潭，就是我的洞天福地了。

　　城里夏天太热，春夏雾霾太多，春夏秋三季便住在这大山里，已经十年。这里绿色的景致、清新的空气，凉爽的夏日，让我再不愿住在城里。每年春来秋去，看森林大山，嗅溪流绿地；白日读书工作，夜晚安然入眠；夏日三伏，这小溪就是我天天的日子。只要屋里一觉得热，便拾起两件干净衣衫，直往小溪去。跳了溪中，脱去衣衫，睡在溪水里；不一会儿身上便凉了。再回屋里做事时，许久也不觉热。

那清潭正在硕大樱桃树下，头上绿荫如盖，将烈日全遮了。轻轻摇动的枝叶，就在眼前，伸手可触。潭水清澈见底，宁静温婉宜人，永无一人相扰。躺下时，一块圆石恰好枕着，好不舒服！你只管舒展了身体，任汩汩溪流从脖子肩膀间"哗哗"漫过；然后漫过胸膛，流过腿脚，什么"冲浪浴"能仿佛其万一？任什么腰疼腿疼，也不治而愈吧？

石潭不大，水亦不深，水下圆石微微起伏。你只捡了舒服处躺着，只管咯咯腰，担担背；水边石头也任你用，或枕或坐，或倚或靠；溪口躺够了，挪一下身子，便倚上了那光滑斜石，好似躺椅般舒坦！她的一左一右，正好有两块圆石，让你好好放下你的胳膊！这时你一定会赞叹；赞叹造物伟大神奇，尽如人意！是的，大自然生了人，让你敬奉顺应她，于是她便时时看顾护佑你。如若相反，她也会舍弃，甚至惩罚你。

位置一换，溪口刚才在左，这又在右了，水流就为你按摩着另一面。溪口枕着的橘色圆石，圆润光滑，让我总想叫她一声"田黄"！对面那方大点的"田黄"，恰似一袭小榻；躺椅躺腻了，你再倚着它，那份舒适雍容，总让我想起18世纪欧洲宫廷中裸女侧卧便榻的名画。

溪中洗浴，无须毛巾肥皂麻烦身体，只需香皂洗头、洗衣膏洗衣即可。洗衣膏和香皂，整个夏天都放在溪旁石罅里，不必担心被拾去。山里空气洁净，除一点点汗，几无尘污。溪水的神力更不可思议：你只管躺着任它冲摩，全不必搓洗；躺够玩够了，身上早已爽滑洁净。不知比"洗浴液"强了多少！莫不是溪水的柔软即可去污？不错。当你与大自然合一时，一种神秘的力量便会来与你相合，让你深深体味大自然的怜惜扶助。

最快乐莫过溪中洗衣。下水时把衣服扔进水里，只管让它泡着，你自去躺着；你凉快好了，才想起将衣服抹上洗衣膏，就又去玩耍了；等你玩够了，只就着石头搓几下，再扔回水中；于此，大功即告完成。临走时捞出衣裳来，拧干扔了石头上，穿上衣裳拎它回家。试想：世上哪样劳动像溪中洗衣一样，只有轻松快乐，全无辛苦劳累？

这溪水自大山深处来，迢迢一路，不知汇集了多少草木精华。她们浸泡过无数百草根须，再徐徐浸出，滴滴汇集；一路上经过多少沙石滤析，洁净清澈无比，却留下了草木精华。她当然不会告诉你，她能治什么病，不过默默滋养着你；在你毫无知觉中，却治了你的病，营养了你的身体；却永远不会告诉你这是怎么回事，只由你细细思想，慢慢体悟。

既然是这样，你就多泡一会儿，多泡几回，堪可一夏！最好多泡几年，就此半生！享受那难得的"润物细无声"。

时下人如今也学了许多"科学文化"的词句，为了金钱。他们会说仿生、自然、地气、生态之类的，将其放在各类广告中，掏走别人衣兜里的钱。山石大树被搬进城里，以"热爱"自然；翻烂山体找石头，杀伐森林刨古树；让千年古树在"美化"城市中死去，让万年美石在尘嚣中干涸；用塑料花草、"小桥"臭水，做"生态园"；用黄臭污水制造"瀑布"，"生产"大自然……

当人类远离仇视自然、掠夺破坏自然时，自己的未来也必在其中。这时你问他们何谓"自然"？何谓"人乃自然万物之一物"？何谓"回归自然""天人合一"？一定是件最愚蠢的事。

无论是时髦的反叛，还是爱惜着生命本来，愿我们的小小人生，只在自然之中！爱她，依从她，效仿她，与她融合为一。享受大山，享受森林，享受小溪，享受生活，死而后已吧！

其实，小桥哪里有左右？来时是左，去时就是右了。我说"小桥的右边"，无非是说：来时，你一定会张望右边向上的风光；而走时，又留恋右边深幽的溪水；你看，这不就是"小桥的右边"了吗？

2006 年 6 月 20 日

正月初二送
家堂

年三十下大雪

年三十清晨，醒来还没睁眼，就觉得窗外格外明亮。起身看时，鹅毛大雪正纷纷扬扬飘的紧，屋顶地面已经白白厚厚了！年三十下大雪！这有多吉祥，多喜庆！这回，年货真的是年货了！她们得多高兴多光彩！那就做吧吃吧、喝吧玩吧，过一个好年！

要是没这场雪，这年可这么过？温暖，干旱，哪有点寒冬腊月的样儿？炖好的猪头下水一顿吃得了吗？还有那鱼那虾、那一大锅隔年菜，岂能吃到正月十五？不都臭了坏了扔了？比菜更难办的是心情，就这春天样的暖和天，你能穿得漂漂亮亮地去串门，去拜年？你还有心情走亲戚候客人吗？喝酒还能喝个痛快？

数九寒天岁尾年终，万物息止，百姓辛苦劳累了一年，不就是盼个过年？歇息玩耍、轻松快乐几天？没有年样儿怎么过年办？四季不依时，旱涝雨雪逆时而害，怎能有国泰民安？

这回好了，下雪了，真的下雪了！终于下雪了！感谢上天！感谢上天对黎民百姓的恩眷顾！欢天喜地地过年吧！穿新衣服，花花绿绿漂漂亮亮，"咯吱咯吱"踩着雪拜年去吧！孩子们堆雪人打雪仗，挑灯笼放爆仗；老人们笑眯眯围炉子喝茶，再烫一壶热乎乎老酒！

初二就下乡

漫山遍野都给白雪盖着，麦子给雪盖着，山石树木给雪蒙着，村庄农舍一片白；盖着柴火垛，盖着池塘小河，盖着田垄阡陌……瑞雪兆丰年！这盖着雪的年，让人心里有多安宁，多宽敞，多舒坦！

过了年初一，初二就走！去乡下看漫天漫地的雪，看看乡亲父老，也看看他们的年。

城里也算过年么？邻里陌生，人情淡薄，风俗全无，年还有吗？年前忙的脚不沾地，买这买那，巴结门子送礼，也算是年样儿。可年三十还能出门吗？只能在家享受过年的冷清，心里说：这是过年吗？劳累了一年，为过年又忙了一个腊月，年货买齐了，应有尽有了，可这叫什么过年？

没有了风俗传统，也就无所谓年节了。年节之义，民众与此同乐。共同的快乐心情相互传递濡染，然后共同造成、烘托、推高节日的气氛。春联鞭炮灯火、祭祀迎送往来、守岁行礼、拜年待客、走亲戚回娘家……没有了这些，过年的意义是什么？

如今，媒体在年节时喜欢鼓吹吃喝旅游。节日需要吃喝，也可以旅游，但吃喝旅游绝非节日的内涵，不过外延而已。吃喝旅游可在任何时候，但过年是独有的，是历史义化形成，有特定的风俗人情，怎能以吃喝了得？生活丰足了，叹息也空前："这年，哪还有年味儿？"

城市乃各地人口的聚集，原本的文化无法传承而逐渐淡化，然后相互交融，而成为无源之水城市无文化。中国农村基本上是封闭的社区，人们通过心口相传，将历史文化一代代传递着，从无间断。城里过年的内核被抽空了，心里空落地难受，就只有去乡下了。找回我们的文化，找回我们的年！

你看这乡下年

乡下除夕的夜晚，是不眠之夜。屋里院里大门口，所有的灯都亮了，大门都敞开着。男人忙着操持各样礼仪，女人出来进去置办年夜饭，到处是腾腾的热气香味儿。小孩子到处跑，鞭炮到处响；妮子们穿新衣裳，一撮撮凑着说话；火炉边，老人喝茶嗑瓜子……

你随意走进那一家，都是热热笑脸红灯笼，红红春联喜洋洋，酽酽热茶炒瓜子。天井扫得净，磨盘上是供奉天地的香火，整个村庄所有人，都沉浸在热烈红火的气氛中。无论房舍街巷，粮囤柴垛，井台碾盘，到处蒸腾着热闹，让你不饮而醉！

初二一大早就坐车，乘客不多，都喜洋洋的，过年的气氛充满了车厢。下车走在乡间小路上，看厚厚白雪一派茫茫，远处村落上正炊烟袅袅，心里的滋味可就不一样了。

一进村，心里就热了！男孩子满街跑，手里拿着爆仗，兜里装满吃的，跑着喊着闹着，一不小心撞到你身上，抬头做个鬼脸，又跑了。大闺女小丫头红红绿绿站了街上，艳得耀人眼，一边嗑瓜子，一边悄悄说话儿；见有人来便斜眼瞟你，然后在同伴耳朵上叽叽喳喳，就是一串银铃般的笑声。老人穿着干净的棉袄棉裤，贴了北墙根晒着太阳，看见我来，就笑呵呵地打招呼："回来啦！""家来喝水吧！"我赶紧拱手："大叔过年好！"

街巷扫得干净，地上满是红红的爆仗皮和糖纸，正是过年的好彩头！草房石墙，满村满街，都在喜庆祥和之中。对联字写得不多好，但那份精神情景，任是多好的楼房书法也不能比！

到家还不中午，进了庄稼院子石头屋，一个离乡背井的游子，一个可怜的城里人，终于到家了！大叔大婶大哥大嫂，兄弟弟媳侄儿侄媳，你听那一声声问候，你看那让座让茶让烟。屋小人多，兄嫂以下全都没处坐，没处站，或者高兴的不知怎么坐，怎么站……

整个一个人，都被这热浪滚滚的亲情和乡情融化了！红泥小火炉烧得正旺。"坐！他哥！"大叔直站着让我。桌上摆着供，桌旁大椅子能坐不？"能坐！不碍。他哥，坐吧！"看我犹豫，大叔先坐了。

八仙桌正中的大公鸡昂首挺胸，一旁大鲤鱼翘首摆尾，四四方方一大块肘子肉，一大碗肉丸子，各色菜肴齐全……这桌供是乡下过年的必须，无论如何不能少。桌上香烟袅袅，正堂悬挂的祖先牌位宁静安详，我恭敬奉上一杯热茶，看一堂人丁兴旺，喜气洋洋。

刚喝了两杯茶，弟媳们已把饭菜置好，摆在地八仙上。大叔招呼我："来！咱们喝酒！"与大叔、兄弟，子侄们团团坐下，喝酒！尽情地喝酒！和家乡的亲人们喝酒！到家了，我终于到家了！大口喝酒，大块吃肉，纵情聊天！大婶和嫂子不上桌，在一边悄悄说话；弟媳领着侄媳们收拾菜蔬包饺子，操办送家堂的年饭。

终于到家了！那石墙草屋多么结实，多么厚重。我终于踩到了土地，有树有草，有粮有房，踏实稳当又心安。逃离了城市，逃离了楼房马路汽车，逃离了势利尘嚣，在乡下，在这样的大地中，在石墙草屋里，坐小板凳，在地八仙上吃饭喝酒。心，也落在了地上。

酒足饭饱，大婶领我到里间："上炕歇着去，睡起来好送家堂。"是墩实又暖和的土炕，土地的踏实，土地的温暖，新里新表新棉花的被窝，像是母亲的怀抱。在幸福的包围中，我酣然睡去，睡得是那么香！

一觉醒来，太阳正偏西。

送家堂喽！

初二下午送家堂，是中国年最隆重的礼仪。彰显人丁世代传承，强调长幼尊卑有序，告诉年轻人什么是道德伦理，固定了人类繁衍的核心。

所谓家堂，就是正堂上悬挂的挂屏，上书五服宗亲名讳，用以代表祖先历史。年三十下午男丁携酒菜香纸鞭炮往林上行礼祭奠后，迎祖宗回家过年，悬堂屋正中设祭品供奉，称请年。过年自此开始，家堂前置蒲墩草席，供晚辈行礼跪拜。送家堂又称送年，与请年礼仪相同，送年后撤下家堂轴子，供品全家共用。礼仪之年完成，世俗过年开始，开始热闹玩耍、走亲访友。

下来炕伸个懒腰，屋里院里男女老少正忙。屋里，大叔大婶收拾纸钱元宝银角子；院子里大哥鼓弄大爆仗，子侄们往竹竿上挂鞭炮；嫂子媳妇包饺子炒菜，孩童们到处乱跑，瞎忙活凑热闹；大门口，缠好的鞭炮站了一大排……

一切收拾停当，全家老少团团坐下吃饺子，是与年夜饭前后相对的另一顿正餐。吃完饭，男丁们各自操家伙：男爷们挎篼子端笭筐，里面是满满的大爆仗；后生扛着长长的鞭炮竿子，男娃们拿着小爆仗；女人端着元宝纸钱纸角子、酒壶酒盅筷子柏香……

街上已经满了人，几乎是全村的父老乡亲。后生们扛着麻花般的鞭炮竿子，高高扬起像卷起的旗帜，密密如林，猎猎如壮士出征；孩子们你追我跑，又喊又叫，在人群中钻来钻去；大闺女小媳妇掺杂其间，看热闹……把这肃穆庄严的仪式装点得那么生动活泼，热闹又快乐。

林地在村南，一片开阔的土地上。我赶到的时候，已是人山人海喧声鼎沸了。外围是妇女老人孩子；里层是雄赳赳气昂昂的鞭炮竿子；男爷们在场地中间，往四下安排自制的大炮仗；女人把酒壶酒盅安放自家祖坟前，堆好纸钱纸角子，然后点着香……

切安排停当，太阳正好逼近西山，圆圆的，红红的，一片寂静。场地正中，主事的男人向东南西北顾盼一周，然后大喝了一声："到时候了！点着吧！"

随着一声高喝，女人们点燃纸钱元宝，遍地香火升腾起来，直向落霞的天空中去；男人点着了大爆仗，山摇地动的轰鸣震荡摇撼了整个山谷；后生们点着鞭炮，在大爆仗的轰鸣中，一遭子鞭炮像是眨眼睛，几乎听不见声响……女人孩子捂紧了耳朵，张大着嘴，瞅滚滚青烟直上蓝天……

这时，血红的太阳刚好落进山垭，只留下深情的一瞥，似在留恋。大爆仗停了。鞭炮声依然此起彼伏，在山谷中隐隐汹涌，男女老少的脸上都是肃穆。

半个时辰后，全村的灯火都亮了。轻松热闹的年，开始了。

1998 年 3 月 16 日

沂蒙汉子

梁实秋说过："山东人的特性是外表倔强豪迈，内心敦厚温柔。"这就把山东人的内里说得深刻明白。温柔敦厚，正是中国文化最深厚的内涵，沂蒙汉子，是山东人的精华与极致，

沂蒙汉子能下力，能吃苦，能忍耐。筋骨像是铁打的，虽不高大粗壮，也是一身的气力。一千多斤石头，小山样垛在独轮车上，马步蹲下，两手攥紧车把握一握，晃晃肩膀，推起来就走！看那垛石头，再看汉子胳膊腿上铁疙瘩似的腱子，看那脚步的沉重，你不敢相信人居然有这么大的力量！不仅如此，还得上四十度陡坡！裤腿儿挽在大腿上，那脚和锥子似的扎在地上，腿肚子鼓成了三棱子，脊梁胳膊都是肉棱子，叫人看了担心、震动！

沂蒙汉子干活儿不惜力气，说是："力气算啥？吃顿饭不就有了！"推这样的车，一顿饭能吃二斤锅饼！锅饼也是"山东大汉"：硬面，用杠子一遍遍压，慢火烙成：结实得能打人，能当切菜案板用！这样的饭你能吃多少？吃了能消化得了？他们不吃二斤不饱。

沂蒙汉子男人气太重。

家庭里与女人分工泾渭分明：只干男人的事，只干下力活儿，不干家务；反过来，也不让女人干男人的活。放工回家，洗洗身上，扫了

天井，安下小桌，坐着喝茶抽烟等饭。女人做好饭菜端上桌，他喝酒吃饭，女人再去喂猪喂鸡喂鸭，不兴他帮忙。

红白公事出席治菜，则是男爷们的事。女人只打下手，择菜洗菜，剁馅儿包饺子。家里来客好吃好喝，男人坐下吃肉喝酒，女人绝不上桌；吃完喝完，女人把饭菜撤了，擦干净桌子沏好茶，男爷们喝茶，女人悄么声儿在一边吃剩下的菜饭。不论女人多么精明能干，家里做主必要男人。男人一声"嗯"或"甭介"，就是决断，女人不会掺和。男人训斥女人，女人不会回嘴，是男子汉权威，也是女人贤惠。

这些传统的伦理道德，是人类为社会生活顺畅运行而制定的法则，是维系生活与社会秩序的根本，各就各位，名正则言顺，家庭于是和睦，社会于是安定。男女平等，原本是现代社会对女性女权的尊重伸张，但如果在家庭中将男女位置彻底颠倒，将纲纪颠倒了，家庭的秩序也会错乱。如今的夫妻不睦、决策失当、离婚率高升，大概都是因为这个。

沂蒙汉子性子刚强，不服输不吃气，眼里不揉沙子。你敬着他，和气商量，没有不行的事；来硬的，来横的，欺着他，能行的也不行！俗话说："南人让话不让钱，北人让钱不让话。"说的是价值观的不同：南人重利，北人重义，山东汉子沂蒙汉子是个极端。

沂蒙汉子善良豪爽，爱帮人。乡亲邻里有事，只要张嘴没有不应，甚至倾其所有。路人生人、乞丐上门，无不尽力相助。"为朋友两肋插刀"就是说的他们，只要动了情义，钱是个狗屁，命搭上也行！

沂蒙汉子性子刚强心却软，脾气爽朗暴烈心眼好。他们心直口快，心里没藏没掖，直通通都倒出来；歪心眼弯肠子一点没有。对朋友兄弟，恨不能把心扒出来让你看，任你使。可说话太直，直通通硬邦邦，有时好意也难说好，甚至叫你受不了，那颗心却是红彤彤的！这就是他们的短处了，为此也不知吃了多少亏，让人占了多少便宜，却不改："爹娘养出来，老祖宗给的性子，能改了？"

沂蒙汉子性情实在又洁净，城里人的社交学、关系学、厚黑学，在这儿全没用，都是垃圾粪土。在质朴本真面前，那些东西又肮脏又累人，还说是科学？和他们在一起不必猜忌谋算，也不必小心眼，更用不着防范；只管放心处，轻松交，只要你不坑他哄他骗他，不和他耍心眼，什么都行。如果你伤了他，就再也别想和他交往了。

沂蒙汉子待人热情、实诚、礼情重。平日省吃俭用舍不得花用，来了客人却大方得很：没钱就借！割肉打酒，称豆腐炒鸡蛋，没白面也得烙饼包饺子！

沂蒙汉子的一生，都在辛苦操劳中度过，付出无限，所得几无。

年轻时血气方刚，干活儿没命，上养父母，下顾弟妹，还得攒下点预备盖屋娶媳妇。盖屋的石头得一块块打，再一车车推家来，房梁屋檩得一根根攒；工钱饭钱、聘礼钱、定亲衣裳、娶亲酒席钱……庄稼人土里刨食，除了吃穿能剩下几个？不拼命能行？

待到媳妇娶进屋，娃儿呱呱坠地，就是成家立业了。成家不易，立业更难，用不了几年，两三个娃儿"吱呀哇啦"炕上爬，地上跑，年轻汉子的皱纹也上了脸。

沂蒙汉子没有事业理想追求，日子明白简单：干活吃饭，生儿育女过日子。看着娃儿一天天长大，心里高兴也发愁：男孩大了得盖屋娶媳妇，女孩大了得找主儿备嫁妆。老人说："人一辈子，不就是过的人？"生儿养女就少不了这个，沂蒙山乡就是这样一辈辈传下来的。那就干吧！那就攒吧，哪还有别的心思？

等到儿子娶了媳妇，闺女嫁了人，一辈子任务完成，自己也快到头了。汉子不再是汉子，成了老人，老两口守着老屋，还是起早贪黑上坡种地……他们一辈辈一代代，在日复一日、年复一年的辛苦劳作中，完成了人的使命。过完了他们的日子，也走完了生命路途。

除了子孙在延续，他们一无所有。所有的享受，无非一碗薯干酒和一夜酣睡。晨曦微露，还得一骨碌爬起来，披上衣衫，扛上大镢下地去……

1997 年 8 月 6 日

沂蒙农家女

　　沂蒙山区农家女，是中国北方妇女的经典。在她们身上，聚集了北方妇女所有的优秀品德：善良诚恳，勤劳俭朴，贤惠恭敬，顺从隐忍。比男人更多辛劳，更少享乐。

　　在家为闺女时，穿戴打扮红红绿绿，辫子甩着脸儿亮着，不论多累，身上衣服也干净利落。下地干活儿是整劳力，家务活儿都支使她，吃饭只有菜汤，爹娘心烦拿她出气。农闲时有点空儿，赶紧拿出枕头底下的心上物，纳鞋底，纳鞋垫，绣荷包。

　　这一辈子只有定亲嫁人，她们才能尊贵一次，光彩一次。相亲那天，穿上从来没穿过的新衣裳，嫂子姊子领着，低首敛眉羞答答坐在那儿，给男家人相。定亲这天的尊贵，是一辈子的巅峰：两桌大席，她坐上桌上首，两家长辈都坐她下边，大家都得捧着她，敬着她。做女人的这份光彩，一辈子只有这一回，今后再也没有。

　　娶亲的荣华也是：衣裳最好，打扮最好，地位最高，每走一步都有人伺候。叔叔哥哥推着车送，姊子嫂子两旁跟从护卫，吹鼓手奏乐，在乡间小路上浩浩荡荡。进了村，女人孩子早在村口等着，一见来了蜂拥而上："看新媳妇啦！看新媳妇呀！"拜了堂送入洞房，主家一院子的人早就忙得不可开交了，沏茶满水递烟敬糖，鸡鸭鱼肉、青菜水果、锅碗瓢盆满院子都是，"砰砰喳喳"剁鸡剁肉剁排骨，吱吱啦啦炸鱼炸丸子炸藕合，女人包饺子，后生跑堂……里里外外都是人，不知有多少人在为她忙活！

一个闺女娃，在家里比弟弟的地位还低，何况爹娘？只有干活下力，只有被吆来喝去，只有最后吃饭……哪里见过这般风光？何时被人捧过！因为给人做新娘，一辈子就这一回。

第二天回门还有排场热闹，但地位风光逊色许多。女婿是首位，闺女还是闺女，脱了新衣裳，换上家常衣裳帮娘干活。婚后也能再新鲜几天，还能穿几天红红衣裳红红鞋。不过短短一周，新衣裳换了家常的，柴米油盐酱醋茶，鸡鸭鹅狗猪羊；早起摊煎饼，河边洗衣裳，割草拾柴推磨压碾；挑水烧火，熬菜做饭……做家庭主妇，做一个原本的农家女。

地里的活儿，虽说丈夫是整劳力，自己一样也放不下。春种秋收，贪黑起早，风里雨里，土里泥里，太阳下月亮下……一点也不少干。家务活儿更不能耽搁一点，嫁衣还新新的，干净漂亮却一点也没有了。

当新房子里有了小娃的哭声，当娃儿牙牙学语，做了母亲的农家女感受着幸福，也担起了沉重的责任。从此不光是妻子主妇，更是母亲了，更多辛苦劳累甚至牺牲，一股脑填满了她们年轻的生命。

天才麻麻亮，丈夫孩子还在酣睡，她们早已披衣起床。抱了柴火点着火烧上水，再撒开鸡鸭鹅狗，撒把粮食给它们；然后做饭炒菜烧汤，再煮上猪食喂上猪……一早晨脚不沾地。等伺候丈夫孩子吃了饭，丈夫上坡走了，自己才胡乱塞口饭在嘴里。然后挎上篮子扛着锄，领着孩子下坡去。庄稼锄地，上山割草，看看日头快晌午，背上小山样一筐草回家。到家放下草，顾不得孩子哭闹，先撒把玉米给鸡，再塞把柴火在灶膛里；丈夫回来水也开了，饭也热腾腾的了；这才倒出手来哄哄滚了一身土的孩子，吃吃喂喂；到自己吃晌饭，已经过午两三点。这时你要问她："饿不饿？"

只是干脆的一声："不饿！"持家过日子，伺候丈夫照料孩子，还轮着她饿？可人不是铁打的，一天下来，忙了家里忙外头，忙了大人忙孩子，还不算亲戚里的鸡鸭鹅狗，她哪有饿的工夫？等到都忙完了，歇口气了，才觉得心也慌，头也晕。

如果说到献身，说到无私奉献不求回报，除了沂蒙山乡的农家女儿，恐怕没人担当得起。她们终其一生，只有奉献没有报酬，只有辛劳没有享受，而且无怨无悔！

吃饭的时候，如果你多少留意，会发现她们的筷子老半天才往碗里伸一下，夹起来只有一点菜星星。偶尔煎个鸡蛋，煎块咸鱼，偶尔菜里有点肉星，她们都拨给丈夫，挟给孩子，自己一点也不吃。更多的是：端上饭菜温好酒，丈夫孩子吃饭，她们又忙活去了，男人唤一声："一堆儿吃吧，吃了再干！"

"俺不饿，你把菜都吃了吧！"大人孩子吃完了，她拿个煎饼擦擦锅底煎鱼的油，缸里捞块咸菜，蘸着菜汤，就算吃饱了。

"吃好吃孬不都一样？饱了就行。"她们总爱这么说。

沂蒙的汉子在辛劳之后，还能歇歇，还能喝壶茶喝杯酒，还有一点休息。沂蒙的农家女连这一点也没有。她们认为：持家过日子，女人劳碌应该应分，休息享受是非分。人们说"劳动奉献是生活的乐趣"。但对于她们，劳动就是日子，奉献就是生活，从没想过乐趣的事。

大约是从孩子上学开始，她们一年到头就是一身灰不溜丢的旧衣裳了。此后的一辈子，也添不了几件新衣服。她们不觉得寒碜，如果没有重大事情，压根就没有买新衣服的念头，觉得就该这样。

"整天坡里家里干活儿，能穿干净的？""有丈夫有孩子，穿漂亮干啥？"既是她们的生活观，也是她们的价值观，千百年不变。只有回娘家走亲戚，才换身干净衣裳，才把脸洗净，用水梳梳头发。平常这样，"不叫人笑话？"在沂蒙山乡，不过日子的女人才穿得干净漂亮；反之，干净漂亮的女人大多不务正业，不守妇道，就不是正经农家妇女了。

如此日子，让她们比男人老得更快。刚过四十就满脸褶子，鬓发花白，该盘算给儿子说媳妇，闺女找主儿了。于是，第二轮拼命操劳开始了，虽然她们还远远没老！

这就是沂蒙农家女的一辈子，严守着妇道，严守着风俗，严守乡规民约。安安分分过她们辛苦劳累、毫无回报享受的一辈子。然后下一辈，然后再一辈……

1997 年 8 月 14 日